MW01712941

Les Éditions La Plume d'Or
3455, rue Cartier
Montréal (Québec) H2K 4G1
www.editionslpd.com

La rage au cœur

Christopher Bosa

La Plume d'Or

Catalogage avant publication de Bibliothèque et Archives nationales du Québec et Bibliothèque et Archives Canada

Titre : La rage au cœur / Christopher Bosa.
Noms : Bosa, Christopher, 1998- auteur.
Identifiants : Canadiana (livre imprimé) 20220017689 | Canadiana (livre numérique) 20220017697 | ISBN 9782925178590 | ISBN 9782925178606 (PDF) |ISBN 9782925178613 (EPUB)
Classification : LCC PS8603.O82 R34 2022 | CDD C843/.6—dc23

Nous reconnaissons l'aide financière du gouvernement du Canada par l'entremise du Fonds du livre du Canada (FLC) ainsi que celle de la SODEC pour nos activités d'édition.

Canada SODEC Québec

Conception graphique de la couverture : Jim Lego

Direction rédaction : Marie-Louise Legault

© Christopher Bosa, 2022

Dépôt légal – 2022
Bibliothèque et Archives nationales du Québec
Bibliothèque et Archives Canada

Tous droits de traduction et d'adaptation réservés. Toute reproduction d'un extrait de ce livre, par quelque procédé que ce soit, est strictement interdite sans l'autorisation écrite de l'éditeur.

Imprimé et relié au Canada

1re impression, octobre 2022

Papa et maman

Papa, maman,

Au moment où vous lisez cette lettre, il est déjà trop tard. Je suis morte.

Mais je veux que vous sachiez que ce n'est pas votre faute. Pour moi, vous avez toujours été des parents parfaits. Vous m'avez aimée, vous avez constamment été là.

Malgré cela, malgré tout votre amour, je n'en pouvais plus. Je n'avais plus la force de me lever chaque matin, de vous sourire, de rire, de faire comme si tout allait bien. Je n'en avais plus le courage.

Voilà des mois et des mois que ça durait, et aujourd'hui, j'en ai eu assez. Assez de ma vie, assez des moqueries, des insultes, des chuchotements, des rumeurs. Assez de la solitude.

Car c'était ça, le plus difficile. Je n'avais personne avec qui en discuter. Aucune amie pour m'écouter. Et je ne voulais pas vous en parler à vous, histoire de ne pas vous décevoir... Vous étiez si convaincus que j'étais heureuse, que j'avais des amies, que tout allait bien dans ma vie. Mais si vous aviez su...

Je vous aime. Je vous aime, et j'espère qu'aujourd'hui plus que jamais, vous vous en souviendrez.

Je suis désolée. J'espère qu'un jour vous pourrez me pardonner.

Partie 1

La peur au ventre

Chapitre 1

Je n'ai pas la moindre idée de ce que je fais. J'ai seulement décidé de prendre ce crayon et d'écrire. Je griffonne, je laisse le crayon glisser sur le papier, ne sachant quoi écrire, ignorant par où commencer. J'écris, sans savoir pour qui je le fais. Est-ce que quelqu'un lira un jour ceci ?

Si vous tombez sur ce message, aidez-moi. Cherchez-moi. J'ignore si je serai vivante, libre et en bonne santé, ou morte et enterrée. Peut-être même serai-je toujours vivante, et toujours enfermée dans cette pièce, amaigrie par la faim, le teint cireux en raison de la déshydratation, les cheveux emmêlés, sales, les vêtements en loques. Me souviendrai-je comment parler, comment écrire ? Je n'en ai pas la moindre idée.

J'ignore même jusqu'où iront ces pages que je griffonne à la va-vite; la personne qui lira ceci sera-t-elle debout, ici, dans cette pièce où je vis seule, abandonnée de tous ? Ou sera-t-elle loin, dans une belle maison, installée confortablement sur un sofa, une couverture sur les genoux, un café déposé près d'elle ? Je souhaite, pour cette personne, qu'elle sera loin, très loin d'ici.

Qui donc lira ceci ? Les policiers ? Ma famille ? Mes amis ? Pire encore, l'homme qui m'a mise dans cette situation ? Celui qui est la cause de mon calvaire, la source de mes problèmes. Si c'est lui, j'espère qu'il prendra conscience du mal qu'il m'a fait. Et qu'il paiera.

En fait, j'ignore si quelqu'un lira un jour ces mots que je dépose sur le papier. Peut-être suis-je en train d'écrire en vain. Peut-être que nul ne connaîtra jamais mon histoire. Peut-être même n'aurai-je pas le temps, ni la force et le courage de raconter l'entièreté de cette histoire. Qui sait ?

Mais peu m'importe. J'ai l'étrange conviction que je dois la raconter, que je dois écrire ces mots. Pour qu'on se souvienne de moi, pour qu'on entende mon récit et que l'on soit averti. Pour qu'on ne m'oublie pas dans cette pièce, seule, dans le noir.

Chapitre 2

Je dois cesser de m'attarder à ce genre de questions. C'est inutile. Que quelqu'un lise ces mots ou pas, je me dois de les écrire. Ce récit me gardera en vie, me permettra de garder la tête froide, de rester présente, alerte. De ne pas perdre la boule.

Car, voyez-vous, après la peur, après la panique, le plus difficile, c'est de tolérer le silence, l'inactivité, la solitude. On se sent isolé, abandonné, seul au monde, et en même temps, chaque bruit, chaque mouvement, fait naître un sentiment écrasant de peur, d'inquiétude, de paranoïa.

Je me sens seule, et en même temps, je suis continuellement convaincue d'être observée, épiée. De quoi me rendre folle.

Et c'est justement pour cette raison que j'écris ce message. Du moins, je crois. Je me sens ainsi moins seule; j'ai l'impression d'avoir quelqu'un à qui parler, quelqu'un à qui me confier.

En plus, ça m'aide à passer le temps. Et ça m'occupe l'esprit. Je passe moins de temps à réfléchir à tout ce qui pourrait m'arriver et à tout ce qui m'arrivera certainement, un jour ou l'autre. Quand il se décidera à ouvrir la porte, et à...

Non, je ne veux pas y penser. Passons à autre chose.

Chapitre 3

Je viens de relire ce que j'ai écrit hier. Je constate que vous ne devez rien comprendre de ce que je raconte. Je parle de tout, mais je n'explique rien. Je saute d'un sujet à l'autre, sans préavis.

Excusez-moi.

Maintenant, recommençons à zéro. Commençons par le début de l'histoire.

Les premiers jours restent flous dans mon esprit. Je ne les ai pourtant pas oubliés. Pas totalement, en tout cas. Un peu comme une renaissance. Les premiers temps de ma nouvelle vie restent incertains; peuplés de vagues souvenirs, qui se mélangent aux rêves. Oui, c'est bien cela. L'ancienne moi est morte quelque part dans une rue déserte, et la nouvelle moi est née ici, dans cette pièce mal éclairée. Je vous raconterai donc ma vie ici, dans cet endroit sombre et inquiétant.

Je me souviens les premiers instants, lorsque la brume s'est dissipée. Lorsque j'ai peu à peu repris mes esprits, et que je me suis rendu compte de ce qui m'arrivait.

Après cette étrange torpeur causée par je ne sais quel produit qu'il a utilisé pour m'engourdir l'esprit, alors que la confusion me quittait peu à peu, la peur gagnait du terrain. Je ne reconnaissais pas la pièce dans laquelle j'étais allongée. Elle était pour le moins inquiétante. Ensuite, de vagues souvenirs me revenaient peu à peu.

Une ruelle sombre, un linge sur ma bouche, et la noirceur. L'oubli.

La peur gonflait, prenait de l'expansion. Et plus j'avais peur, plus mon cerveau paralysait. Je ne savais plus ce que j'avais fait la veille, je n'avais pas la moindre idée de ce qui avait pu m'arriver. Je ne savais plus quoi faire, quoi penser. Seule restait la peur, qui me tordait l'estomac et me brouillait l'esprit.

Avec cette frayeur au ventre qui engluait mon cerveau et m'empêchait de réfléchir, je me souviens avoir jeté un lent regard autour de moi, à la recherche d'une explication, ou d'un peu d'espoir. En voyant la porte, découpée en plein centre du mur faisant face au lit, je me souviens de l'émotion étrange qui m'a traversée.

C'est comme si l'espoir s'était mélangé à la résignation. Rempli d'espérance, mon cœur battait la chamade. Mais ma tête n'était pas convaincue. J'étais sceptique, bien qu'une petite parcelle de moi ne pût s'empêcher d'espérer.

Je me souviens de m'être levée, lentement, et de m'être mise en mouvement encore plus lentement. J'étais encore faible, ma vision était toujours brouillée par les produits chimiques dans mon organisme. Mais en mettant un pied devant l'autre, doucement, j'avançais. Ma main était tendue, prête à se resserrer sur la poignée. Je tremblais. Était-ce la fatigue ? L'appréhension ? L'espoir ?

Enfin, ma main rencontra le métal froid. Difficilement, je mis mes muscles en action. La poignée tourna sur elle-même.

Chapitre 4

La poignée s'immobilisa après un infime mouvement et un léger cliquetis. Ensuite, il se produisit un déclic étrange en moi. Cette déception, bien que prévisible, ce bruit et cette porte verrouillée, me firent perdre contrôle.

Les instants qui ont suivi restent nébuleux dans ma mémoire. Je me suis mise à hurler, à pleurer, à demander de l'aide, tout en même temps, alors que mes poings tambourinaient sur la porte. Je hurlai et frappai ainsi, encore et encore. Mes poings m'élançaient, mais je ne m'en souciais guère. Je voyais rouge. Je ne savais plus ce que je faisais.

Cette crise dura un certain temps. Une heure, peut-être une journée entière. C'est l'une des particularités de la vie en captivité. Le temps devient un concept abstrait, subjectif. Parfois, j'ai même l'impression que le temps s'est totalement arrêté. En fait, il m'arrive d'espérer que c'est le cas. Comme ça, si je sors d'ici… Lorsque je serai libre, rien n'aura changé, je n'aurai pas perdu une seule seconde de ma vie.

Mais je m'égare. Où en étais-je ?

Ah, oui ! Lorsque je repris le contrôle de mes moyens, j'étais recroquevillée au sol, devant la porte, les mains endolories, la voix éraillée, presque éteinte. J'étais là, les bras autour de mes genoux, à sangloter comme une enfant. Des larmes coulaient sur mes joues, encore et encore, alors que je tremblais de froid, d'épuisement, de peur. Finalement, je sombrai dans un sommeil agité, peuplé de bruits inquiétants, de mains menaçantes.

Chapitre 5

Dans mon esprit encore emmêlé par les interminables jours de solitude et de captivité, les événements se mélangent, se confondent, s'entrecroisent. J'ai longtemps été plongée dans un état comateux, où je dormais la majeure partie de la journée.

Je fuyais dans un sommeil profond, sans rêves. Je me réveillais par moments, quelques minutes, quelques heures, puis je me rendormais. Je n'avais pas la force de faire quoi que soit, ou presque. En général, je me réveillais pour pleurer. Puis, je finissais par me rendormir, bercée par mes sanglots. Presque toujours.

Lorsque je ne pleurais pas, je criais et je hurlais, en espérant que quelqu'un m'entende et vienne me sauver. Mais le simple fait que je sois en train d'écrire ces mots démontre que ce fut inutile.

Durant toute cette période, je n'ai aucun souvenir d'un quelconque contact avec mon agresseur. La seule preuve qu'il y avait bel et bien quelqu'un, tout près, qui me maintenait prisonnière, c'était le bruit de pas que j'entendais fréquemment et qui provenait du plafond.

Qui était cet homme ? Que me voulait-il ? Pourquoi ne m'avait-il encore rien fait ? Était-ce seulement un homme ? Je n'en savais rien. Je n'avais aucun moyen de le savoir et pourtant, je ne pouvais m'empêcher de croire que c'en était un. Après tout, n'avons-nous pas toujours appris à craindre les hommes ? Nos parents ne nous apprennent-ils pas dès notre plus jeune âge à les éviter ? Les jeunes femmes ne sont-elles pas conditionnées toute leur vie à redouter les hommes et leurs pulsions ?

Pour moi, c'est un homme. Je continuerai donc d'écrire comme si c'était bel et bien le cas.

Tout ce que je savais de ses faits et gestes, et tout ce que j'étais en mesure de savoir, c'était qu'il descendait dans la pièce tous les jours afin de m'apporter de quoi manger pour la journée. Sans plus.

Mais peu m'importait. Je me nourrissais seulement si j'en avais atrocement besoin, et si j'en avais la force. Sinon, je restais allongée, immobile, à fixer le plafond, à attendre. Attendre quoi ? Rien. Je ne sais pas. La mort, peut-être. La fin. Ou alors une action extérieure, l'œuvre d'une force plus grande que la mienne susceptible de m'envoyer une armée de policiers pour me sauver. Je ne sais pas trop. Toutes ces réponses, probablement. Et aucune d'entre elles, en même temps.

Je n'étais pas tout à fait moi, à cette époque. J'étais sous le choc, j'étais secouée. Je ne pensais plus rationnellement. Je ne différenciais plus le réel de l'imaginaire, le vrai du faux.

Et, je dois l'admettre, je fuyais ma situation dans l'oubli, dans l'abandon le plus total. Lorsque je dormais, je ne ressentais rien. Ni peur, ni tristesse, ni désespoir. Alors je préférais dormir, et ne rien ressentir.

C'est lâche, je le sais. Mais à ce moment, je n'avais pas la force de me battre. Je n'avais rien d'autre que cet étrange vide à l'intérieur. Un vide que seuls la peur et le désespoir réussissaient à combler. Mais maintenant, c'est différent.

Chapitre 6

Je dormais, encore et toujours. Mais de plus en plus, mon sommeil devenait agité. Troublé par des images inquiétantes, par des songes effrayants. Je me réveillais en sueur, les joues encore humidifiées par les larmes. Je tremblais. J'avais froid, j'avais peur. Mais pourquoi ?

C'est dans un moment semblable à celui-là, alors que j'étais encore à osciller entre le sommeil et l'éveil, que j'entendis du bruit en provenance de l'étage. Des éclats, puis le silence complet. J'étais maintenant complètement réveillée. Aux aguets, j'attendais. Que se passait-il là-haut ? Mais un silence étrange, inquiétant, régnait.

Je sursautai presque lorsque j'entendis le claquement caractéristique des pas de mon bourreau, qui tournait vraisemblablement en rond. Que lui arrivait-il ? Mes mains se mirent à trembler, mon estomac se nouait au fur et à mesure que la peur me gagnait et que mon esprit était assailli de questions. Qu'allait-il faire ? Risquait-il de descendre ? Et si… Oui. Il allait venir. Et là, il me ferait… il me ferait… mal. Oui. Comment ? J'aimais mieux ne pas me l'imaginer. Les possibilités étaient si nombreuses, les options si variées. Non. Je ne devais pas y penser. Surtout pas. Me vider la tête, me concentrer sur autre chose. J'essayais de penser à ma mère, à mes sœurs. Inutile.

100… 99… 98… 97…

J'essayais un vieux truc que ma mère m'avait donné, quand j'étais petite et que je n'arrivais pas à dormir : compter à rebours, de 100 à 0. C'était infaillible. Je m'endormais toujours avant d'avoir terminé.

85… 84… 83…

Mon esprit était peuplé d'images, toutes plus terribles les unes que les autres.

57… 56… 55…

Soudainement, les pas cessèrent. Était-ce bon signe, ou non ?

C'est alors qu'un son horrible transperça le silence. Un hurlement atroce, qui me hérissa les cheveux, qui me fit frissonner de bas en haut. Un hurlement déchiré, déchirant, qui, bien malgré moi, m'arracha des larmes. Était-ce la peur ? La tristesse ? Je ne saurais le dire. Dans ce hurlement se cachaient tant d'émotions, qu'il serait difficile de les nommer toutes. Même lorsque j'y repense, aujourd'hui, je ressens un serrement dans ma poitrine. Il y avait quelque chose de si…

humain, de si triste, de si désespéré, dans ce cri. C'était troublant.

Et, aussi brusquement qu'il avait commencé, l'homme se tut. D'un seul coup. Le silence le plus total envahit la pièce, la maison entière, même. Durant une éternité, je demeurai immobile, assise sur mon petit matelas miteux, les larmes aux yeux.

Ce cri m'avait chamboulée. Cette plainte terrible avait transmis les émotions qui m'habitaient depuis longtemps déjà, et j'avais eu l'impression qu'il partageait ma souffrance, que je n'étais pas seule. Mais une fois le silence revenu, la solitude m'avait envahie avec encore plus de force. Le désespoir m'avait gagnée de nouveau, et le silence me tourmentait.

Chapitre 7

Combien de temps étais-je restée immobile, à fixer le mur, suite à cet étrange cri dans la nuit ? Difficile à dire. À un moment ou à un autre, je m'étais rendormie. Je dormis d'un sommeil étrange. Calme, inquiétant, peuplé de fantômes, de voix sinistres, de silhouettes. Une voix, surtout. Celle de ma mère. Douce, insistante, inquiète. Elle m'appelait, répétait mon nom, encore et encore. Elle me cherchait. Elle attendait et espérait que je revienne.

—Alice. Où es-tu, ma chérie ? Reviens, s'il te plaît. Alice.

Et moi j'étais là, tout près. Je la voyais, je l'entendais, mais elle, elle ne semblait pas me voir. J'avais beau crier, hurler, me débattre, elle ne m'entendait pas, ne me voyait pas.

—Alice. Alice !

Je hurlais, encore et encore. Je courais vers elle à toutes jambes, jusqu'à en perdre haleine. Mais encore et toujours, je l'entendais s'éloigner lentement.

—Alice. Où es-tu, ma chérie ?

—Je suis là, maman. Juste ici !

Mais sa voix se faisait de plus en plus lointaine, de plus en plus faible.

—Alice. Reviens, s'il te plaît.

Puis, le silence.

Je me suis réveillée en sursaut, assise sur le lit. J'étais en sueur. Il m'a fallu quelque temps pour me ressaisir. Sa voix m'avait semblé si vraie, si près. La tête dans les mains, j'ai fondu en larmes. Je n'en pouvais plus. Pourquoi ? Pourquoi moi ? Qu'avais-je fait pour mériter un tel sort ? Qu'avais-je fait ?

—Alice, ma petite fille.

—Quoi ? Maman ?

Je me levai d'un bond, à la fois effrayée, surprise et confuse.

—Maman ?

J'attendis en espérant. C'était impossible, je le savais bien. Et pourtant, j'étais certaine d'avoir entendu une voix. *Sa* voix. Mais le silence persistait. Alors je fis une deuxième tentative pour en avoir le cœur net.

—Maman ?

Je retenais mon souffle, pour être certaine de bien entendre. Au cas où.

—Alice, ma petite fille.

Encore une fois, je fondis en larmes. Je ne comprenais pas comment c'était possible, et je ne m'en souciais plus du tout. Ma mère était là, tout près; elle pourrait me serrer dans ses bras, me réconforter, m'enlacer de sa douce voix.

—Maman... Je suis si contente... Tu m'as tellement manqué... Je...

—Alice, ma petite fille.

Un immense soulagement m'envahit. Enfin, après ce qui m'avait semblé une éternité, je me sentais revivre. La voix de ma mère me redonnait des forces. J'allais m'en sortir, j'allais quitter cette pièce. Ce n'était plus qu'une question de temps. J'avais alors une oreille collée à la porte froide, pour être le plus près possible de cette douce voix.

—Alice, ma petite fille.

—Maman. Je suis là. Ne t'inquiète pas. Je vais bien.

—Alice, ma petite fille.

—Maman? Est-ce que ça va? Est-ce que tu m'entends?

—Alice, ma petite fille.

Mes mains se mirent à trembler, en même temps que ma lèvre inférieure. Que se passait-il? Étais-je en train d'imaginer tout ça? Était-ce un rêve?

—Alice, ma petite fille.

Pourquoi? Comment?

—Alice, ma petite fille.

Je me mis à hurler, la tête entre les mains. Il fallait que ça s'arrête. Que la voix disparaisse. Je ne comprenais pas ce qui se passait, mais je savais maintenant une chose. Ma mère n'était pas de l'autre côté de la porte. J'étais encore prisonnière.

—Alice, ma petite fille.

Je hurlai à m'en fendre l'âme. Faites que ça s'arrête, s'il vous plaît. Arrêtez. Je m'arrachai les cheveux, la tête prête à exploser, les yeux remplis de larmes.

—Alice, ma petite fille.

—ARRÊTEZ!

—Alice, ma petite fille.

Chapitre 8

Je me souviens de cette scène comme si c'était hier. Je me souviens aussi de l'incompréhension qui m'avait habitée, la détresse qui m'avait assaillie lorsque j'ai pris conscience que ce n'était pas vrai. Et même maintenant, alors que je relate ces faits, je ressens ces émotions avec la même intensité. Cette scène m'a tant chamboulée que j'ai dû arrêter d'écrire, hier. Je n'en étais plus capable tellement mes yeux étaient baignés de larmes. J'ai fini par lâcher mon crayon et par m'affaler sur le matelas, en pleurs. Et j'ai revécu la suite en boucle, jusqu'à ce que j'aie enfin la force de reprendre mon crayon et de l'écrire.

J'étais recroquevillée sur moi-même, au sol, les mains sur les oreilles, à sangloter et à tenter de ne plus entendre la voix de ma mère répétant inlassablement mon nom. Je versais toutes les larmes de mon corps, je hurlais jusqu'à ne plus en avoir la force. J'implorais mon bourreau et lui demandais de cesser cette torture, de me laisser aller, de me libérer. Rien à faire. Il semblait indifférent. Sûrement qu'il prenait plaisir à me faire souffrir ainsi.

Puis, lorsque, désespérée, j'éloignai les mains de mes oreilles, le silence me surprit. La voix de ma mère s'était éteinte. Rien d'autre que le silence. Des larmes de soulagement me coulèrent sur les joues.

Mais après quelques minutes durant lesquelles j'avais repris un semblant de contrôle sur moi-même, mon esprit se remit en action. Dès lors, impossible de faire autre chose que de penser à cette voix, à cette douce voix qui avait fait naître un si grand bonheur en moi. J'avais beau faire, je ne pouvais oublier la voix triste, démolie de ma mère. Je l'entendais répéter les mêmes mots, et pourtant, d'une fois à l'autre, ils me faisaient de plus en plus mal. Ils aggravaient mon chagrin. D'abord, parce que je savais maintenant que l'espoir que cette voix avait insufflé en moi était faux. Ensuite, parce qu'entendre cette voix me faisait penser à ma mère, à mon père, à mes petites sœurs. Alors que depuis quelques jours déjà, je vivais seule, recluse dans cette pièce sombre, j'étais désormais assaillie par les fantômes de ma vie d'avant. Des souvenirs qui prenaient la forme d'une véritable torture.

Penser à ma famille, à mes amies, m'amenait à me remémorer l'époque lointaine où j'étais heureuse, aimée, soutenue. À présent, je ne pouvais plus fermer les yeux sans revoir le sourire de mon père, sans entendre les rires de mes sœurs et la voix de ma mère. Je revivais des moments de pur bonheur avec mes amies.

Je sais ce que vous vous dites. Ces souvenirs constituaient une belle échappatoire. Et d'une certaine manière, vous avez raison. Lorsque je fermais les yeux et que je me perdais dans mes souvenirs, j'étais heureuse. Je quittais cette satanée pièce, j'oubliais ma situation. J'étais en paix. Mais immanquablement, à un moment ou à un autre, je devais ouvrir les yeux. Chaque fois, je mettais quelques secondes ou quelques minutes avant de comprendre où je me trouvais. Et alors que la vérité refaisait surface, que la mémoire me revenait, les larmes me montaient aux yeux, une boule de tristesse m'oppressait la gorge. Ma solitude n'en était qu'amplifiée, que plus douloureuse.

Ainsi, ma routine quotidienne, à partir du moment où j'avais entendu pour la première fois la voix de ma mère qui répétait inlassablement les mêmes mots, s'était quelque peu modifiée.

Dès ce moment, mes périodes de sommeil se firent plus brèves et se retrouvèrent peuplées de rêves heureux, mais trop courts. Mes périodes d'éveil, quant à elles, je les passais à rêver, assise au sol, les yeux fermés, pour me remémorer le plus de choses possible et visiter mentalement ma maison et mon école.

Et, aussi inévitable que l'éclair après le tonnerre, tous les jours, à un moment ou un autre de la journée, la voix de ma mère venait me faire sursauter.

—Alice, ma petite fille.

Chaque jour, sans exception... Non, en fait, c'est-ce que je crois, ce que je suppose en fonction de la perception bien particulière que j'avais du temps à cette époque. La vérité, c'est que c'est plutôt le retour de cette voix, entre mes périodes de rêverie et de sommeil, qui me rappelait que le temps passait.

Donc, durant environ trente à soixante minutes j'entendais cette même voix, répétant les mêmes mots à un rythme régulier. Les premiers temps, le choc était chaque fois aussi terrible, aussi douloureux. Malgré moi, je ne pouvais m'empêcher de croire, l'espace d'un instant, que ma mère se trouvait peut-être de l'autre côté de la porte. Or, je devais me rendre à l'évidence. Son discours était toujours le même, répété sur le même tempo. Ce n'était pas vrai. Ce n'était pas elle. J'en pleurais.

Les premiers jours, je me repliais sur moi-même, les oreilles bouchées, à attendre que ça cesse. Puis, je finis par m'habituer. J'appris même à profiter de ces instants. Je me laissais bercer par le doux son de cette voix, et je plongeais dans un doux sommeil.

Chapitre 9

Vous vous demandez probablement pourquoi, après tout ce temps, et même après que je sois parvenue à me maîtriser, est-ce que je ne tentais rien pour m'enfuir. Pourquoi je me contentais d'attendre et d'espérer que quelqu'un vienne me sauver, me sortir de là ? Vous vous demandez, je suppose, pourquoi je n'étais pas habitée d'une puissante motivation, d'un désir de m'échapper, de quitter cette pièce.

Pour ma défense, je tiens d'abord à préciser que j'ai fait quelques tentatives, quelques efforts. Durant les premiers jours de ma captivité, lorsque j'en avais la force, je me levais, j'arpentais la pièce, j'observais chaque parcelle de chaque mur avec une attention particulière. Je cherchais une faille, une porte de sortie. Mais la pièce était perpétuellement plongée dans une noirceur profonde. Cette noirceur aussi épaisse qu'enveloppante n'était diminuée que par moments par de petits filets de lumière qui s'infiltraient sous la porte et par la fenêtre. L'endroit est effectivement pourvu d'une fenêtre, sauf qu'elle est haute et cloisonnée par des planches en bois solidement clouées. Cependant, à certaines heures du jour, lorsqu'il fait assez clair à l'extérieur, des rais de lumière pénètrent dans ma prison et l'éclairent légèrement. C'est d'ailleurs grâce à cette lueur que je peux écrire ces quelques lignes.

Donc, comme je vous le disais, j'ai fait quelques tentatives. J'ai tenté de forcer la porte, mais en vain. J'ai essayé de rester éveillée, d'attendre, et d'observer l'homme qui venait, chaque nuit, me porter à manger, mais la peur et la fatigue l'emportaient toujours. Alors, de jour en jour, l'espoir s'amenuisait. Chaque échec et chaque déception me minaient le moral. Si bien que plus le temps passait, moins mes efforts me semblaient utiles, moins ma fuite me semblait possible. Je devais me résigner à passer le restant de mes jours seule dans le noir. À moins que quelqu'un vienne me sortir de là, par miracle. C'était le discours qui tournait en boucle dans ma tête.

N'allez pas croire pour autant que j'avais abandonné tout espoir. Non. Évidemment, mon cerveau passait beaucoup de temps à tourner et retourner des idées, des plans, des tentatives qui, si jamais la chance se présentait, pourraient possiblement me permettre de m'enfuir. Disons seulement que je n'avais plus la force et le courage de me mettre en action et d'essuyer un revers. J'attendais le moment propice, j'évaluais les possibilités, j'estimais mes chances. Mais je n'agissais pas.

Le pire, dans tout ça, c'est que je crois qu'une fois ou deux, la chance s'est présentée à moi. Une fois ou deux, j'aurais probablement pu m'en sortir. Si seulement j'avais réagi assez rapidement. Si seulement la peur et le doute ne m'avaient pas ralentie.

J'ai, par exemple, un souvenir flou, incertain. Parfois, lorsque j'y repense, je ne peux m'empêcher de me demander si c'était bel et bien réel, ou si ce n'était encore une fois que le fruit de mon imagination.

C'était la nuit. Ou du moins c'est ce que je crois. En tout cas, je dormais. Brusquement, je me suis réveillée, comme alarmée par un sentiment étrange. Comment dire… une sorte d'intuition, de sixième sens, un chatouillement à l'intérieur, alors que l'on a la forte impression de ne pas être seul, d'être observé. C'est donc avec ce sentiment étrange qui me nouait l'estomac que je m'éveillai. Les premiers instants, je ne vis rien. Tout était noir, complètement noir. Je commençais à croire que j'avais imaginé cette impression, que c'était la peur constante et la paranoïa que j'avais développée à la suite de mon enlèvement qui m'empêchaient de dormir.

Mais, alors que je tentais de me convaincre de fermer les yeux et de me rendormir, je crus apercevoir quelque chose. Une silhouette, une ombre qui se mouvait rapidement, avec fluidité et précision.

Tout mon être fut parcouru d'un frisson électrisant. Pourtant, mon corps ne m'obéissait plus. J'étais paralysée par la peur. Qu'était-ce? Stupidement, j'eus une pensée enfantine : un monstre, un esprit. Ce devait être ça. S'ensuivit une certitude, une réflexion plus raisonnable, mais non moins terrifiante… C'était lui. C'était lui, la main qui se fondait sur mon visage, c'était lui, le corps puissant qui m'immobilisait. C'était lui, l'ombre que j'avais vu approcher tranquillement de moi. C'était lui, qui hantait mes pires cauchemars depuis mon arrivée dans cette chambre.

Je n'eus pas le temps de réagir, de crier, de bouger, de m'enfuir ou quoi que ce soit. Déjà, mon geôlier disparaissait derrière la porte, qui allait se refermer d'une seconde à l'autre. Mais avant, juste avant que la noirceur ne se referme complètement sur moi, il se retourna et me décocha un regard impénétrable.

J'en fus pétrifiée. C'était comme s'il avait senti mon regard peser sur ses épaules. Il avait plongé ses yeux dans les miens. Des yeux froids, noirs. Des yeux vides de toute émotion, qui me hantent encore aujourd'hui dans mon sommeil.

Chapitre 10

Comme je vous l'ai déjà dit, j'avais peu à peu pris l'habitude d'écouler plusieurs heures à réfléchir à mon passé. En fait, j'avais, avec le temps, développé ce que j'aime appeler ma petite routine quotidienne. En effet, après les premiers jours durant lesquels j'étais plongée dans une profonde torpeur, certains besoins essentiels se sont rapidement fait sentir : manger, bouger, et stimuler mon esprit.

Pour répondre à ces besoins, je m'étais créé un petit rituel. Lorsque je me réveillais, j'allais grignoter un petit quelque chose. Mon bourreau, la nuit, avait l'habitude, je crois l'avoir déjà mentionné, de venir porter de la nourriture dans un coin de la pièce. Tout ce qu'il me fallait pour la journée : eau, biscuits, fruits et légumes, et d'autres aliments variés. Au début, j'éprouvais une certaine difficulté à contrôler ma faim, à gérer ma nourriture pour ne pas en manquer avant la fin du jour. Le plus grand défi, c'était l'eau. Je ne sais pas si vous l'avez déjà remarqué, mais la soif a la bien fâcheuse habitude de se faire sentir avec plus d'insistance lorsque notre accès à de l'eau est limité. Comme si notre esprit, conscient de la limitation à laquelle il fait face, se concentre tellement sur ce fait, que notre corps est plus sensible à ce besoin. Avant de me retrouver dans ce sous-sol, je n'avais jamais ressenti avec autant d'intensité le besoin de boire. Les premiers jours, pourtant, j'avalais toute l'eau mise à ma disposition en quelques heures. Mais, avec le temps, je me suis assagie; j'ai appris à me contrôler, à oublier mes sensations, à économiser mes vivres.

Mais ce n'est pas là où je voulais en venir. Je disais donc : après m'être réveillée, je mange toujours un petit quelque chose. Puis, je me mets tranquillement en action. Je commence par marcher, lentement, prudemment, autour de la pièce. Ensuite, quelques petits exercices physiques, au gré de mon imagination… redressements assis, course sur place, étirements.

Ceci terminé, moins d'une heure a passé. J'ai donc beaucoup de temps à tuer. Beaucoup trop, et pas assez d'occupations. Alors, je travaille mon esprit. Je tente de plonger le plus loin possible dans mes souvenirs; parfois, je cherche à me remémorer le souvenir le plus ancien que j'ai, ou encore, je tente d'énumérer mes cadeaux d'anniversaires, du premier anniversaire dont je me souvienne, jusqu'au dernier. Ou alors, je pense à mes amies. Ou à ma famille.

Parfois, je fais tout ça assise sur le matelas. D'autres fois, je déambule dans la pièce, en tentant tant bien que mal de faire correspondre mes déplacements et les objets que je touche à ce que je vois dans mes rêves. Dans ces moments, perdue dans ma tête, je réussis parfois à être heureuse, sereine. Parfois.

Puis, quand la faim se fait sentir, je mange. Un peu, sans abuser. Une ou deux gorgées d'eau, tout au plus. Ensuite, à nouveau quelques exercices physiques, puis j'explore à nouveau la pièce. Je veux la connaître par cœur, dans les moindres détails. Pouvoir marcher les yeux fermés, sans trébucher une seule fois. Je pars toujours du mur et j'avance en ligne droite. Six pas. Je pivote de 90 degrés, et je refais la même chose. Cinq pas. Ensuite, je quitte le mur. J'avance. Mes pieds butent sur le matelas. Parfait. Je tourne, je le longe. J'atteins une petite commode, qui contient quelques vieux vêtements. Ils semblent en bon état. Un peu grand pour moi, mais pas trop. Je les porterai quand les miens deviendront trop défraîchis, trop sales. Un peu sur la droite, la porte.

Cette satanée porte. Elle est en bois, trop solide pour être brisée. Elle se verrouille de l'extérieur. Évidemment. C'est le seul obstacle entre moi et le dehors. Le seul qui me sépare de la liberté, du monde, de la vie.

Mais je m'égare, encore une fois. Désolée. Où en étais-je ? Oui, la fin de ma routine. En fait, la continuité de mes journées varie. Tout dépend des voix que j'entends. Car tous les jours, j'entends celle de ma mère. Certains soirs, cela ne dure que quelques minutes, alors que d'autres, ça dure des heures et des heures.

Il y a des soirs où je suis capable de rester en contrôle. De rester calme, de me concentrer sur la voix de ma mère et d'en tirer du réconfort. Mais d'autres fois, c'est différent. Il m'arrive de paniquer, de perdre mon sang-froid. Je perds les pédales, et je m'endors en larmes sur mon lit. Puis je me réveille le lendemain; toujours prisonnière et les yeux tout bouffis parce que j'ai pleuré toute la nuit.

Et tous les jours, sans exception, je refais la même routine. Chaque journée ressemble à la précédente, et je sais sans l'ombre d'un doute que la suivante y ressemblera également.

Chapitre 11

Je relisais à l'instant ce que j'avais écrit hier, pour poursuivre mon récit de façon un tant soit peu cohérente. J'ai alors constaté que j'avais mentionné *les voix* qui me tourmentaient. D'abord, j'ai eu envie de corriger mon erreur, avant de me reprendre au dernier instant. Cette formulation, qui m'a d'abord semblé erronée, est en fait la plus adéquate. Comme quoi, parfois, ce que l'on considère comme des erreurs est plutôt une manière qu'a choisie notre subconscient de s'exprimer.

Donc, il est tout à fait vrai de dire que, certains soirs, je n'entends pas seulement la voix de ma mère, mais bien de nombreuses voix, différentes. Étranges, menaçantes, effrayantes.

Je ne sais pas quelles sont ces voix. Je ne sais pas d'où elles sortent. Certains jours, je les entends, et je me dis qu'elles sont bel et bien réelles. Je me convaincs qu'elles le sont. Je voudrais de toute mon âme qu'elles le soient. Mais d'autres jours, ceux qui m'apparaissent plus sombres, je me résigne. Je me rattache à l'option la plus logique, la plus plausible : ces voix, elles sont dans ma tête. Je les imagine. En fait, je suppose que j'ai de la difficulté à différencier le vrai du faux, le rêve de la réalité. La réalité du souvenir.

Au point où nous en sommes dans ce récit, je suppose que vous n'y comprenez pas grand-chose. Je me figure bien les points d'interrogation qui doivent se lire dans votre regard. Alors je vais tenter de vous éclairer, de vous présenter la situation sans plus attendre.

Par où commencer… Comme je l'ai dit, j'entends la voix de ma mère tous les soirs. Toujours, sans exception, le même discours. Mais dans le cas des autres voix, c'est différent. D'abord, parce qu'elles ne reviennent pas tous les jours. Non, ces voix surgissent comme ça, sans explication. Elles peuvent se faire entendre deux jours d'affilés, puis disparaître pour plusieurs jours, voire des semaines. Ou alors elles sont là une fois, une nuit, puis reviennent deux jours plus tard. Pire encore, je suis certaine d'avoir perçu certaines voix une seule fois, avant qu'elles ne s'évanouissent à jamais. Ce sont les plus terrifiantes. Car après, je ne suis jamais certaine : ai-je vraiment entendu quelque chose ? Qui était-ce ? Qu'était-ce ?

Différent, aussi, pour une autre raison. Les autres voix ne font pas que répéter constamment la même chose. Il m'arrive de les reconnaître, de pouvoir identifier à qui elles appartiennent. Mais pour certaines, je passe des heures entières à réfléchir, sans pouvoir y mettre un nom ou un visage.

Il y a une voix en particulier. Une voix que je perçois de temps en temps. De plus en plus fréquemment, en fait. Cette voix, je la connais. Je suis certaine de la connaître, certaine de l'avoir déjà entendue avant. Dans mon ancienne vie. Mais où ? Quand ?

Cette voix, d'ailleurs, est particulièrement troublante. La première fois que je l'ai entendue, j'ai senti un frisson me parcourir, une onde électrique me transpercer. Et ça, c'était seulement à cause de sa tonalité étrange; elle était rauque, basse, faible. Elle se brisait, parfois, sous le coup de l'émotion. Ou alors elle se durcissait de colère. Mais toujours, elle était froide, inhumaine.

Mais le plus troublant, c'est ce qu'elle disait. Bon, je ne peux pas vous retranscrire tout ce qu'elle a dit, car l'effet ne serait pas aussi fort pour vous. C'est qu'elle avait beaucoup à dire; elle en avait gros sur le cœur.

—C'est ta faute. Tout est ta faute. Ce qui s'est passé, ce qui m'est arrivé. Et ce qui t'arrive, en ce moment. Tout ça, c'est toi qui l'as causé. Tu es l'élément central, le catalyseur. La source de mes maux, et la source de ton propre malheur.

Imaginez ces mots, prononcés avec une voix tout droit sortie d'un cercueil, d'outre-tombe. À glacer le sang, je vous le jure.

—C'est ta faute. Tout est ta faute.

Chapitre 12

Combien de temps ai-je passé dans ce sous-sol, enfermée dans cette pièce sombre, froide, impersonnelle? Je n'en ai aucune idée. Quelques mois? Une année? Difficile à dire. Trop longtemps, sans aucun doute.

Je n'ai même pas fait l'effort d'essayer de compter les jours. Le temps passait, beaucoup trop lentement à mon goût. Ç'aurait été démoralisant, compliqué, et inutile.

Ma solution reste ce journal. J'y écris, tous les jours. Ça stimule mon esprit et ça me garde consciente. Alerte. Quel jour on est? Je l'ignore. Je sais qui je suis, où je suis. C'est l'important.

Jusqu'ici, je vous ai raconté mon histoire. Les faits saillants de mon enlèvement, les premiers jours de ma captivité. Je crois que vous savez tout. Je ne pense pas avoir oublié quoi que ce soit. Du moins, pour le moment.

Tout ce qu'il me reste à écrire, c'est la suite de l'histoire. Ce que de vivrai demain, et après-demain. J'ai peur de ce que j'aurai à écrire. Mais je l'écrirai, coûte que coûte.

Chapitre 13

Il fait plein jour, dehors. Il y a une dizaine de minutes, j'ai entendu le bruit d'une voiture, tout près. Quelques minutes plus tard, des pas lourds. Il y avait plus d'une personne.

On a frappé à la porte. L'homme, en haut, a mis beaucoup de temps à ouvrir. Il a semblé hésiter. Les coups ont été réitérés à au moins deux reprises, et là encore, pas de réponse. Finalement, mon ravisseur s'est décidé à ouvrir. Des bruits indistincts ont suivi, puis un bref silence. Depuis, j'entends, mais faiblement, des voix discuter. Je vais tenter d'écouter et d'entendre pour comprendre ce qui se passe.

***

Oh mon Dieu ! Ils parlent de moi. J'ai entendu mon nom. Et plusieurs phrases. Des questions, je crois. Je ne sais pas trop quoi penser. Et si… oui, et si c'était la police ? Si des policiers étaient là, à interroger celui qui m'a enfermée ici ? Et s'ils se doutaient de quelque chose ?

Peu importe. S'il y a quelqu'un en haut, je dois crier, je dois frapper. Ils doivent m'entendre.

Oh mon Dieu ! Mes mains tremblent, j'ai les jambes faibles, je…

J'y vais ! Peut-être que ces mots seront les derniers que j'écrirai ici… Espérons-le !

Chapitre 14

Merde, merde, merde ! J'ai manqué ma chance. Je suis déçue, triste, j'ai peur, je suis soulagée. Je ne sais plus quoi faire, je ne sais plus quoi penser. J'ai envie de hurler, de pleurer. J'en ai assez.

Par où commencer ? Comment expliquer ?

Quelques secondes. Il s'en est fallu de quelques secondes seulement. Alors que je finissais de rédiger mon texte (pourquoi, merde, a-t-il fallu que je prenne le temps d'écrire dans ce foutu journal ?), j'entendis des pas, au-dessus de ma tête. Les gens se déplaçaient. Une partie de moi devinait ce qui se passait. Ils partaient. Ma chance, ma seule chance, peut-être ma dernière, était sur le point de s'envoler. POUF !

En deux bonds, j'étais à la porte, et je commençai à tambouriner de mes deux poings. Et, par un hasard étrange, un pressentiment ou une intuition, ma main agrippa la poignée et la tourna.

Pourquoi, comment, par quel miracle cela est-il possible ? Je n'en ai pas la moindre idée. Toujours est-il que, croyez-le ou non, la porte s'est ouverte. Elle était déverrouillée ! Vous en rendez-vous compte ? La porte n'était pas verrouillée ! Depuis combien de temps était-ce le cas ? Combien de fois aurais-je pu m'enfuir ? Combien d'opportunités avais-je manquées ? Peu importe, j'aurai tout le temps voulu pour me morfondre et m'autoflageller à ce sujet plus tard.

La porte était déverrouillée ! Prise au dépourvu, surprise, déstabilisée, je restai immobile une ou deux secondes. Une ou deux secondes de trop, je suppose. Car c'est le bruit d'une porte qui s'est refermée qui m'a sortie de ma stupéfaction. Merde, merde, merde !

Déjà à cet instant, tous mes espoirs se sont effondrés. Ils étaient partis. Ils étaient partis et ne reviendraient pas. J'étais à nouveau seule avec mon kidnappeur. Merde, merde, merde ! Que faire ? Pas la moindre idée. Mais une petite partie de moi, malgré tout, voulait à tout prix garder espoir. Peu importe la situation, elle ne pouvait pas, ne voulait pas, se laisser abattre. Je devais espérer et tenter ma chance. Prendre un risque, me mettre en action.

Oui.

La porte était ouverte et je faisais face à un escalier. Mes options étaient assez limitées. Les poings serrés, en larmes (la peur, la fatigue, la déception, la rage, c'est assez pour faire pleurer n'importe qui, non ?), je me décidai à entamer mon ascension. Timidement, je mis un pied sur la première marche. Pas de craquement, pas le moindre bruit. Je posai le second pied, accompagné de tout mon poids. Je retins mon souffle. Aucun bruit, le silence le plus total. Je pus respirer un peu mieux. Immobile sur cette marche, je tendis mes oreilles, à l'affût. Où était-il ? Que faisait-il ? Était-il seulement encore là ?

Une autre marche. Allez, courage, Alice. Tu peux le faire. Un pied, une pause. Silence. L'autre pied, une pause. Silence. On respire. Une autre marche. Un pied, une pause. Silence. L'autre pied, une pause. Silence. On respire. Encore une marche, puis une autre, et encore une autre. Un pied, une pause. Silence. L'autre pied, une pause. Silence. On respire. Encore et toujours.

À l'étage, aucun son. L'espoir commençait à renaître, peu à peu. Peut-être était-il sorti en même temps que ses visiteurs. Peut-être était-ce des policiers; peut-être l'avaient-ils emmené pour l'interroger. Peut-être.

J'atteignis finalement la dernière marche. Fini, l'escalier. Maintenant, je n'avais qu'à trouver la porte de sortie et à filer.

J'avais commencé à avancer, j'allais jeter un coup d'œil dans la pièce la plus près, lorsque je dus me retenir pour ne pas hurler. À quelques mètres de moi, de l'autre côté du mur sur lequel j'étais appuyée, j'entendis brusquement des bruits de pas. Merde, merde, merde !

Je mis une main sur ma bouche pour empêcher les sons d'en sortir, alors que des larmes coulaient à flots sur mes joues. Mes yeux étaient grand ouverts, ma tête fonctionnait à toute vitesse, mais semblait en même temps paralysée par la peur. Que faire, merde ?

J'écoutais les pas résonner dans ma tête, ou alors était-ce les battements de mon cœur ?

TOUM, TOUM.

Était-ce dans ma tête, ou est-ce que les pas se rapprochaient ?

TOUM, TOUM.

Merde, j'étais cuite. C'était terminé. Lorsqu'il me verrait là, il me tuerait sans plus attendre.

TOUM, TOUM.

De plus en plus près. Mon heure approchait. Encore appuyée sur le mur, je me laissai glisser par terre, des larmes glissant toujours le long de mes joues.

TOUM, TOUM.

J'attendais. C'était une question de secondes, maintenant. D'un instant à l'autre, je mourrais.

TOUM, TOUM.

J'espérais seulement que ça ne ferait pas trop mal et que ce serait bref.

TOUM, TOUM.

TOUM, TOUM.

TOUM, TOUM.

Les secondes s'écoulaient, mais rien ne se passait. Je tendis l'oreille.

TOUM, TOUM.

Il marchait toujours, oui. Mais en portant attention, je remarquai que les pas s'approchaient, puis s'éloignaient. Ils s'approchaient de nouveau, puis s'éloignaient encore. Mon ravisseur faisait les cent pas.

Tous les muscles de mon corps se relâchèrent en même temps. L'espoir. Encore l'espoir. Que faire ? Me cacher et attendre qu'il s'éloigne pour m'enfuir ? Mais me cacher où ? Il n'y avait aucune pièce en vue, et lui se trouvait de l'autre côté du mur, tout près. Au moindre bruit, il m'entendrait.

Tenter de fuir, ouvertement ? Courir, foncer, et espérer m'en sortir ? Mais quelles étaient mes chances ? Non seulement je ne savais même pas où se situait la sortie, mais de plus, j'ignorais où aller ensuite. S'il m'entendait, il me suivrait et m'attraperait bien avant que je réussisse à me sauver.

Discrètement, sans faire de bruit, mais sans pour autant prendre trop de temps, je redescendis les marches, une à une. Un pied, une pause. Silence. L'autre pied, une pause. Silence. On respire. À chaque marche, j'écoutais, et j'entendais le même bruit, constant.

TOUM, TOUM.

Jusqu'à ce que je regagne le sous-sol, que je me glisse volontairement dans ma prison et que je referme la porte, consciente que je n'aurais peut-être jamais d'autre chance que celle-ci.

Puis je m'allongeai sur mon lit, immobile, les yeux fermés. Et j'attendis, triste, effrayée, désespérée. J'ai pleuré longuement, puis je me suis endormie. J'avais honte, atrocement honte. J'avais choisi de revenir dans cette pièce. J'avais eu trop peur de prendre un risque, j'avais eu peur, et maintenant j'étais là. Seule, dans cette pièce, prisonnière. En me réveillant, ce matin, la porte était verrouillée.

Ma chance était partie. J'étais encore prisonnière.

Chapitre 15

J'ai le moral à zéro, aujourd'hui. Ma motivation est à son plus bas, l'espoir m'a abandonnée pour la journée. Ce sont des choses qui arrivent, évidemment. Surtout lorsque l'on est enfermée dans le sous-sol d'un inconnu, prisonnière de la noirceur la plus totale.

On pourrait même dire que l'inverse serait surprenant, dans une situation comme la mienne. Mais durant la journée, c'était encore pire qu'à l'habitude. Le temps semblait passer encore plus lentement, chacun de mes mouvements semblait plus difficile, chacune de mes actions me paraissait encore plus inutile, futile, insignifiante.

Engourdie par le désespoir, je suis restée allongée toute la journée, ou presque. À peine si j'ai eu la force de me déplacer, de bouger pour venir écrire ces quelques phrases. Mais j'ai fini par le faire. Parce que j'en avais besoin. C'est le seul petit rayon de lumière dans la noirceur de ma captivité, et je ne me serais pas pardonné de l'avoir laissé s'éteindre d'un seul coup.

Je ne sais pas si vous l'avez déjà remarqué ou si vous l'avez déjà vécu, mais durant des journées comme celle d'aujourd'hui, alors que l'espoir est à son plus bas, alors que notre moral nous a quittés, il semble que notre esprit, inconsciemment, ne travaille qu'à amplifier notre détresse. Avez-vous déjà eu cette impression ?

Lorsque l'on se sent triste, désolé, notre cerveau ne fait que ressasser des pensées sombres, des souvenirs lointains qui nous attristent encore plus. Comme si notre esprit était programmé pour nous enfoncer encore plus bas dans la détresse, pour épaissir le brouillard de désespoir qui nous enveloppe. Alors, notre cerveau nous rappelle tout ce qui nous rend malheureux, tout ce qui ne va pas dans notre vie, tout ce qui nous manque, tous nos échecs. Tout, sauf ce qui pourrait faire accroître l'espoir et diminuer notre sentiment d'abandon.

Je ne vous surprendrai donc pas en vous disant qu'aujourd'hui, je n'avais rien de positif à l'esprit. Non. En ce jour sombre de captivité, mon esprit tendait toujours à revenir à la même pensée, au même souvenir : ma famille.

De toute la journée, je n'ai pu me sortir de la tête des images de mes proches. J'ai vu et revu le sourire franc de ma mère, son regard bleu, pénétrant, chaleureux, apaisant. Ses cheveux courts, bruns. Ses mains, si douces et réconfortantes. J'entendais aussi sa voix, son rire.

Je sentais le parfum de mon père, celui qu'il met pour des occasions spéciales, le piquant de sa barbe négligée sur ma joue, et j'entendais sa voix rauque et forte.

De même, j'entendais les rires de mes deux petites sœurs, je voyais leurs silhouettes, toutes petites, fragiles, courant dans la maison. Je revoyais leurs boucles blondes virevolter dans le vent.

Ils me manquaient. Tous. J'aurais tant aimé être avec eux, les serrer dans mes bras. Leur parler. Rire, chanter et jouer en leur compagnie, n'importe quoi. J'aurais même aimé entendre ma mère me sermonner, m'obliger à faire le ménage de ma chambre, me critiquer parce que je ne fais pas assez d'efforts à l'école, ou parce que je me laisse traîner.

J'aurais aimé entendre mon père me demander d'où je reviens, aussi tard par un soir de semaine. Ou alors j'aurais aimé l'entendre me taquiner avec un garçon que j'ai croisé en faisant l'épicerie avec ma mère et lui.

J'aurais aimé me disputer avec mes sœurs, les entendre m'implorer de venir jouer avec elles; j'aurais aimé qu'elles viennent me réveiller beaucoup trop tôt un samedi matin, en sautant sur mon lit.

Hélas, je suis toujours ici, prisonnière de ces quatre murs. Et tout ça par ma faute; j'ai eu ma chance, hier, et je ne l'ai pas saisie. J'ai eu peur. J'ai hésité, alors que j'aurais dû foncer sans réfléchir. Peu importe ce qui me serait arrivé, j'aurais préféré n'importe quoi à ça. J'aurais fait n'importe quoi pour quitter cette noirceur, cette solitude, ce silence continu et sans fin.

J'aurais aimé quitter cette pièce, pour toujours. Oublier ma peur, mes inquiétudes, mes souffrances. Être libre, loin, très loin.

Chapitre 16

Je ne vais pas mieux qu'hier. En fait, je crois que c'est pire aujourd'hui. Je suis encore plus triste, plus désespérée. J'ai beau essayer, je n'ai plus la force de bouger, plus la force de faire quoi que ce soit. C'est à peine si j'ai eu le courage d'écrire mes pensées. Je dois avouer que j'avais un peu peur de ce que j'écrirais, même. Parce que, voyez-vous, comme j'ai pu le constater hier, parfois mon crayon m'amène à révéler des choses, des idées et des pensées que je ne pensais même pas avoir.

Prenez hier. J'ai arrêté d'écrire brusquement, comme ça. Les pensées que je couchais sur le papier m'effrayaient. Je ne les ai pas clairement exprimées, mais en écrivant, j'ai pris conscience de ce qui se cachait derrière ces mots. Des pensées que je ne croyais jamais avoir envisagées, des idées sombres que je n'aurais jamais cru pouvoir imaginer. Et voilà que mon subconscient me les révélait, me les faisait écrire sur le papier.

J'ai donc brusquement arrêté d'écrire, puis je me suis précipitée sur mon lit. Dormir, c'était tout ce que j'espérais. Mais je n'y arrivais pas. Pas après ce que j'avais écrit. J'étais incapable d'oublier ces mots, de ne plus leur faire face. Même en fermant les yeux, je les voyais danser dans mes têtes, ils hantaient mes pensées.

Et le pire, le plus inquiétant, c'est que plus j'y pensais, plus je les revoyais, moins ils m'effrayaient. Lentement, sournoisement, mon esprit les assimilait, les rationalisait. À un point tel qu'à un moment, je me suis surprise à peser les pour et les contre.

Pourquoi continuais-je à espérer ? À quoi est-ce que ça servait ? Y avait-il seulement de l'espoir ? Et si j'abandonnais, tout simplement ? Si je me laissais aller ? Qui me regretterait ? Qui pleurerait ? Ma famille, évidemment. Mais mes proches n'étaient-ils pas déjà en train de pleurer ?

Et moi, qu'avais-je à perdre ? Ma famille, encore. C'était elle qui me rattachait à la vie, et elle seule. Sans elle, j'aurais déjà abandonné. Sans elle, je serais déjà morte. Mais la véritable question, c'était : la reverrais-je un jour ? Étais-je là, à attendre, à espérer et à croire en vain ? Si j'attendais toute ma vie, et que je finissais par mourir, de toute manière, sans avoir revu ceux que j'aime ?

Étais-je vraiment prête à endurer tout ce qui m'attendait ? Toutes les souffrances que l'homme qui m'avait enlevée me réservait ?

Endurer, pleurer, souffrir, pour mourir toute seule ici ? N'était-il pas plus facile de mettre fin à ces souffrances rapidement, immédiatement, une bonne fois pour toutes ? Je pourrais m'abandonner, me laisser aller, doucement, sans souffrir. Ne plus jamais souffrir, ne plus jamais être prisonnière de qui que ce soit. Jamais.

Quelque part dans ces pensées, je m'endormis. Heureusement pour moi, je n'avais pas eu le temps d'aller plus loin, de pousser mes réflexions plus avant dans le désespoir et la folie.

Cependant, quand je me suis réveillée ce matin, j'étais encore aussi triste. Toujours aussi seule. Et avec des idées noires en tête. Des pensées que j'essayais de chasser, d'oublier. Des pensées terribles, effrayantes, mais en même temps si attrayantes. Des pensées sournoises, qui m'assaillaient dès que ma vigilance diminuait. Des pensées qui sont, j'en ai bien peur, très patientes et qui n'abandonneront pas si facilement. Des idées terribles. Une solution finale, sans retour possible. Drastique. Mais n'étais-je pas moi-même dans une situation particulière, à la fois terrible, dangereuse et invivable ?

Vous le voyez, même en étant consciente de ce qui me passe par la tête, ces pensées ne me quittent pas. Et j'ai peur. Peur de ce qui m'arrivera. Peur de ne jamais quitter cette pièce. Peur de ce que je pourrais faire, si je ne suis pas vigilante. Peur de ce que ces pensées pourraient m'amener à poser comme gestes irréparables.

Mais pour l'instant, j'essaie de rester forte. De garder la tête haute, le dos droit, l'esprit ferme, solide, aux aguets. Je vis au jour le jour. Survivre à ma situation, à mes pensées, c'est tout ce qui compte pour le moment.

Chapitre 17

Une autre journée s'est écoulée. Mon moral est toujours aussi bas. J'ai autant de difficulté à me mobiliser et à agir. Je cesse d'espérer, j'oublie peu à peu de sourire, de rêver, de croire en l'avenir.

J'ai fait un rêve étrange, cette nuit. J'étais sortie de cette pièce. Ou alors ma famille y était entrée. Je n'en sais trop rien. Ce n'était pas vraiment important, en fait. Toujours est-il que mes proches étaient là, avec moi. En les voyant, j'ai foncé vers eux. Je leur ai sauté dans les bras. Pendant la majeure partie de mon rêve (était-ce une petite minute, ou une heure entière? Difficile à figurer dans un rêve. Le temps ne passe pas comme dans la vraie vie.), c'était là tout ce qui se passait. Nous nous enlacions et nous pleurions tous ensemble. J'étais heureuse, les membres de ma famille aussi. Puis, à un moment, ils se sont séparés de moi. Tous, les uns après les autres, ils se sont levés. Ils ont fait un pas, puis deux, puis trois, dans la direction opposée. Ils étaient tous main dans la main, ensemble, sans moi. Ils s'en allaient. J'ai alors tenté de les rejoindre, de les retenir.

Les larmes aux yeux, je courais, je hurlais, je sanglotais. Or, rien à faire. Ils n'entendaient pas mes supplications, ne voyaient pas mes larmes. J'avais beau courir, ils s'éloignaient encore et toujours. À un moment, à bout de forces, je m'effondrai au sol, en larmes. Je les voyais s'éloigner; j'avais beau faire, je ne pouvais les rejoindre.

C'est à ce moment qu'ils se sont retournés. Tous, en même temps. Ils m'ont regardée avec une émotion étrange dans le regard. Résignation, tristesse, pitié, ou un mélange des trois. Ils me fixaient, et leur regard me faisait mal. Je les ai suppliés de venir me rejoindre, de m'attendre. Mais ils n'ont rien fait. Ils n'ont même pas bougé.

—Je n'ai plus la force d'avancer. Pas seule, pas sans vous. Aidez-moi ! Venez me chercher. Je vous en supplie !

Je fixais ma mère, droit dans les yeux. Elle me regardait maintenant avec un regard rempli d'amour. En y repensant bien, je jurerais avoir vu une larme au coin de ses yeux. Elle m'a souri, puis a dit, dans un murmure presque imperceptible :

—Je sais, ma chérie. Je comprends. Mais nous ne pouvons rien faire. Tu es seule, maintenant.

Elle a pris une pause durant laquelle elle semblait retenir ses sanglots. Elle donnait l'impression de vouloir rester forte devant moi, pour ne pas me faire peur. Mais c'était encore plus effrayant.

—Si tu n'as plus la force de te battre, ma chérie, je peux le comprendre. Nous te pardonnerons. Tu peux... (Sa voix se brisa malgré elle. Elle prit une grande respiration.) Tu peux partir. T'envoler, loin d'ici, loin de la douleur, de la tristesse. Je comprendrais.

—Maman...

—Je t'aime, ma chérie. Ne l'oublie pas.

Et elle s'est retournée. Toute la famille s'est éloignée, me laissant seule, en pleurs.

Je me suis alors réveillée. Mon oreiller était trempé, imprégné de ma tristesse. Je n'ai plus fermé l'œil de la nuit. Je songeais à mon rêve. Je me demandais ce qu'il signifiait. Était-ce un simple rêve, ou un signe? Un signal de départ? Un encouragement? Je n'en sais rien. J'y songe.

Et si c'était la meilleure chose à faire? Si rien ne m'attachait plus à ce monde, à cette Terre, maintenant que ma mère m'avait fait ses adieux?

J'ai peur. Terriblement peur. Atrocement peur. J'en ai presque mal. Mais n'est-ce pas normal, d'avoir peur? N'est-ce pas signe que je suis sur la bonne voie?

Mes mains tremblent. Des larmes quittent mes yeux, glissent sur mes joues, lentement, difficilement, pour s'arrêter sur mon menton. Elles tremblent, elles aussi. Elles semblent hésiter un instant, pétrifiées par la peur. Mais elles se résignent, lâchent toutes leurs attaches. Elles s'abandonnent, sachant qu'il est inutile de résister ou de lutter. Elles ne peuvent combattre une force plus grande et plus puissante qu'elles.

Et si c'était la même chose pour moi? Et si j'étais là, pétrifiée, toute tremblante, et que ma seule option, mon seul choix, se résumait à m'abandonner, à cesser de me battre et à tout lâcher?

Chapitre 18

Ce rêve n'était pas un simple rêve. Ça ne pouvait être un simple rêve. C'était beaucoup trop réaliste, beaucoup trop inhabituel, aussi. C'est un signe. Un message. Plus j'y songe, plus j'ai l'impression que, d'une manière ou d'une autre, je suis réellement entrée en contact avec ma mère. Je n'aurais jamais cru cela possible, je ne sais pas comment une telle chose aurait pu se produire, mais c'est l'impression que j'ai. Une impression très forte, trop forte pour être une simple impression. Je le sens au plus profond de moi-même, tout simplement.

Je sais ce que vous vous dites. C'est impossible. Elle délire. Je vous comprends. Moi-même, c'est ce que j'aurais cru, avant. Or, ce rêve était si étrange… Je ne peux vous expliquer pourquoi, mais c'était plus qu'un simple rêve.

En me réveillant, j'ai senti un poids énorme partir de mes épaules. J'étais légère, à nouveau. Libre, en quelque sorte. J'avais fait mes adieux à ma famille. Les miens comprenaient et acceptaient l'idée qui me tourmentait depuis déjà quelques jours. Et cette idée, si terrible, si sombre, si terrifiante, m'apparaît aujourd'hui comme normale, naturelle. Je suis prête. Bien sûr, sur le coup, en me réveillant, je n'ai pas compris tout cela. J'étais aussi triste et tourmentée que durant les jours précédents. Mais j'ai longuement réfléchi; j'ai réfléchi au sens de mon rêve, à sa signification. J'ai réfléchi aux émotions qui m'assaillent, aux pensées qui me tourmentent. Et la vérité a peu à peu fait son chemin. Je savais maintenant ce que je voulais.

Grâce à ce simple rêve, qui selon moi n'en était pas vraiment un, je suis prête à partir, à m'abandonner. C'est ce que j'ai décidé de faire. Alors ces quelques phrases que vous lisez en ce moment pourraient bien être mes dernières. Je n'en sais encore trop rien. Je ne sais pas comment se déroulera la suite des choses ni à quelle vitesse mes forces vont décroître. Je ne sais pas si ma raison m'abandonnera et si oui, à quel moment. Je ne sais pas ce qui m'attend avant la fin de mon voyage.

Parce que j'ai trouvé une solution, la seule manière de partir d'ici. Je ne mangerai plus, je ne boirai plus. Ça peut vous sembler difficile, risqué, et surtout lent et souffrant. Je suis d'accord. Déjà, je sens mon estomac se tordre, m'élancer, et me supplier de lui offrir quelque chose à se mettre sous la dent. Mais ici, dans cette petite pièce sombre, presque dépourvue de tout mobilier, mes options sont assez limitées.

Pas de couteau ou un quelconque objet assez tranchant pour couper, entailler et tuer. Pas de corde ou de tissu assez solides pour me rompre le cou et de toute façon, pas un seul endroit pour accrocher cette corde. Alors il me reste cette seule option : mourir de faim.

Je ne vous mentirai pas… Je suis terrifiée, terrorisée. Voilà à peine dix heures que je n'ai pas mangé, pas bu une seule goutte d'eau, et déjà, je dois lutter contre mon instinct de survie. Ma bouche est sèche, si sèche qu'aucun son ne peut s'en échapper. Par moments, mon ventre est secoué par de terribles contractions. Mais je dois résister. Je dois tenir le coup. Ce n'est qu'une mauvaise période, une épreuve à passer. Je dois être forte, une dernière fois.

Chapitre 19

La faim m'accable, la soif me taraude. Je sens mon estomac remuer, je l'entends se lamenter terriblement. Mon ventre souffre parfois d'atroces crampes. J'ai faim, j'ai soif. Une partie de moi est poussée instinctivement vers la carafe d'eau et le plat de nourriture qui reposent dans un coin de ma cellule. Ma décision a beau être prise, mon choix bien arrêté, je me rends compte, aujourd'hui, qu'on ne peut taire son instinct bien longtemps.

L'humain est bien fait. Son cerveau fonctionne d'une manière bien plus complexe qu'on pourrait le croire. Bien que la partie consciente de mon esprit ait fait le choix de mourir, d'abandonner, il subsiste, quelque part au fond de moi, une étincelle, un brasier, – certes faible, mais toujours bien présent – brasier qui tend vers la vie, entité subconsciente qui ne peut se résoudre à la mort sans lutter. L'instinct de survie.

Instinct, ce qui implique une part d'inconscience, d'automatisme. Si je ne fais pas attention à ce que je fais, si je ne concentre pas mon attention sur des éléments bien précis, cet instinct me pousse malgré moi vers ce recoin sombre de ma chambre, petit recoin dans lequel mon bourreau dépose le peu de denrées qu'il m'offre afin d'assurer ma survie jusqu'au lendemain.

Mais jusqu'à maintenant, en dépit de la faim, de la soif, de la douleur et de mon instinct de survie, j'ai réussi à maintenir le cap, à me contrôler. Je mourrai d'ici quelques jours. Enfin, mon calvaire prendra fin. Mais d'ici là, je sens que la douleur sera terrible, et pire sera la tentation de manger.

Mais ce n'est rien. Ce n'est qu'une épreuve. Un dernier défi, un nouvel obstacle, puis tout prendra fin. Et je suis presque prête pour ce moment. Je suis presque prête à renoncer pour de bon à la vie. Presque, mais pas totalement. Je dois d'abord régler certaines choses. J'ai des adieux à faire, des deuils, des sacrifices à accepter. Mais d'ici à ce que la faim et la soif aient raison de moi, j'ai bon espoir de régler ces petits détails.

Je sens peu à peu la résolution me gagner, la fatalité engourdir mes sentiments, clarifier mes pensées. J'accepte peu à peu mon sort, qui m'apparaît de plus en plus inévitable.

Chapitre 20

Hier, je croyais souffrir. Mais ce n'était rien. Plus le temps passe, plus l'inconfort est grand. Je maigris à vue d'œil. Je fonds littéralement. J'ai la bouche sèche, atrocement sèche. Ma langue est épaisse et pâteuse. J'ai de la difficulté à respirer, à parler, à déglutir. Par moments, je suis clouée au sol en raison de terribles douleurs au ventre. Le reste du temps, une douleur faible, mais persistante, me martèle la tête. J'ai l'impression qu'elle va éclater.

Mon mal est tel que j'ai quelques fois l'impression que ce serait moins douloureux de me fracasser le crâne sur le béton du plancher. Je ne me sens pas bien. Je suis faible, mon esprit s'égare, je perds ma lucidité. Écrire les derniers moments de ma vie m'est affreusement pénible, mais en même temps, je sens que je dois le faire. Tout au fond de moi, je sens que c'est d'une importance capitale. Pourquoi ? Difficile à dire. Pour le salut de mon âme, peut-être. Je ne sais pas si c'est l'approche de la mort, la faim, la soif ou la douleur, mais je ressens le besoin de croire en quelque chose, de croire en Dieu, de croire qu'après ma mort, ce ne sera pas la fin de tout. Ce sera la fin de mes souffrances, la fin de mon mal, mais pas le néant absolu. Mais si je choisis de croire en ce paradis, si je choisis de croire en Dieu, mon esprit ne peut éliminer l'idée de l'enfer, qui vient de pair avec ces concepts.

Depuis que j'ai entamé mon jeûne, mon suicide lent et douloureux, mon esprit semble avoir décidé que c'était le moment de faire le bilan de ma vie. Je repense à des moments, à des actions, à des personnes. Je revis certains souvenirs. Je compile, j'additionne, je soustrais. Suis-je une bonne personne ? Ai-je commis de mauvaises actions ? Est-ce que je mérite le pardon et le paradis ?

Plus je réfléchis, plus j'ai peur. La mort, en soit, ne m'effraie pas tellement. Ça ne durera qu'un bref instant, et ce sera probablement moins douloureux que les minutes, les heures et les jours qui la précéderont. Mais la suite, elle, a de quoi glacer le sang. La damnation éternelle. Les feux de l'enfer. De quoi vous enlever l'envie de mourir.

En ce moment, vous vous questionnez. Vous vous demander ce qu'une adolescente de mon âge pourrait avoir fait de si grave, de si terrible, pour mériter la damnation. Je vous comprends. Mais soyez-en certains, je ne suis pas une sainte. Loin de là, même. J'ai dit des choses, j'ai posé des gestes…

J'espère que ceux qui liront ceci auront pitié. J'espère qu'ils n'oublieront pas que je suis jeune, influençable. Et comme tous les adolescents, j'ai été insouciante, inconsciente, même. Je ne mesurais pas le poids de mes actions, l'impact de mes paroles.

Papa, maman. Si vous lisez ceci, pardonnez-moi. S'il vous plaît.

Ça y est. Je me lance. J'avoue tout. J'avoue tout, et j'implore le pardon pour mes actes. Je les regrette amèrement, aujourd'hui. Et qui sait, peut-être ces aveux me vaudront-ils une certaine clémence, là-haut, au moment du Jugement dernier ?

Chapitre 21

Je ne comprends pas bien ce qui se passe. Alors que j'écrivais, tout à l'heure, j'ai entendu du bruit en provenance de l'étage. Des voix, ce qui est déjà assez inhabituel. J'ai d'abord pensé que c'était mon esprit qui me jouait des tours; après tout, ce ne serait pas la première fois. Mais en prêtant attention, j'ai cru entendre des fragments de ce qui devait être une discussion. Une voix d'homme, et une voix de femme.

Poussée par la curiosité, ou alors c'était simplement mon instinct de survie qui me raccroche à tout ce qui m'éloigne de la mort, je me suis approchée le plus possible des voix, pour écouter. Je n'ai pas vraiment compris ce qui se disait.

Je ne prêtais aucune attention à la discussion, car quelque chose m'a frappée dès que j'ai entendu un peu plus clairement la voix féminine. J'avais une étrange impression, celle que l'on ressent dans un rêve lorsqu'on est juste assez conscient pour se rendre compte que quelque chose cloche. Et c'est en général à ce moment précis que l'on se réveille. Mais j'étais bel et bien réveillée. Du fond de ma prison, j'avais le drôle de sentiment d'être de retour dans ma chambre, assise à faire des devoirs, alors que j'entendais, à l'étage, ma mère discuter au téléphone avec sa sœur. Ma mère…

J'ai d'abord cru que c'était une simple illusion, que mon esprit modifiait la réalité et que la voix ressemblait, sans plus, à celle de ma mère. Mais plus j'écoutais, plus les inflexions, plus certains mots que j'entendais me convainquaient. C'était elle, à n'en plus douter.

Cette certitude m'envahit, et en même temps un vertige me gagnait. Tant d'émotions m'assaillaient en même temps : joie d'entendre sa voix, espoir qu'elle soit venue me sauver, haine envers mon bourreau, incompréhension, tristesse, doute. Tout, d'un seul coup.

Je me souviens avoir eu l'impression que les voix s'éloignaient. Que tout ce qui m'entourait s'éclaircissait soudainement, avant de devenir brusquement noir. Je m'étais évanouie.

Je suis restée sans connaissance quelques minutes, si je me fie au déplacement presque imperceptible du jet de lumière qui filtre des planches de ma fenêtre. En revenant à moi, affalée sur le sol, dans une position pour le moins inconfortable, j'ai cru que j'avais rêvé. Il n'y avait plus aucun son à l'étage, ni voix ni bruits de pas. Un silence de mort régnait dans la maison.

Bien que je n'aie aucune certitude, bien que j'aie peut-être rêvé, halluciné, bien que ce ne fût peut-être pas ma mère, mais une voix semblable, bien que même si c'était elle, peut-être n'a-t-elle pas la moindre idée que je suis ici… Malgré tout cela, je suis gagnée par l'espoir.

Cet espoir a eu un tel effet sur moi, que j'ai décidé de recommencer à boire et à manger, lentement, pour me clarifier les idées. Avec le ventre plein, j'aurai l'esprit plus clair; je saurai avec certitude, la prochaine fois, si c'est bel et bien la voix de ma mère que j'entends. Si évidemment il y a une prochaine fois. Si c'est bien ma mère et qu'elle revient, j'aurai alors toutes mes facultés pour imaginer un plan pour lui faire savoir que je suis ici, et bien en vie.

Donc, comme je le disais, mes projets ont beaucoup changé. Plus question de me laisser mourir, plus question d'abandonner. Je dois vivre, et attendre. Et espérer.

Chapitre 22

Moi qui croyais que les douleurs et les tortures que j'avais endurées étaient pénibles, insurmontables, j'étais maintenant confrontée à un nouvel obstacle. Moins douloureux, mais tout aussi pénible : l'attente.

Deux jours déjà, depuis que j'ai entendu, ou cru entendre, la voix de ma mère. Deux jours durant lesquels j'ai espéré en tendant l'oreille. Deux jours durant lesquels j'ai lentement et graduellement recommencé à boire et à manger. Deux jours à reprendre des forces pour permettre à mes idées de se clarifier.

Mais avec le retour de ma lucidité, d'une pensée logique et raisonnable, l'espoir s'amenuisait rapidement. J'avais entendu la voix de ma mère. Faiblement, sans comprendre ce qu'elle disait. J'étais alors déshydratée, affamée, probablement à demi morte. Tous ces éléments étaient non négligeables. En analysant la situation le plus froidement possible, j'étais forcée d'envisager cette possibilité : cette voix était peut-être bien le fruit de mon imagination. Peut-être avais-je fait un rêve éveillé, ou peut-être avais-je pris mes rêves pour la réalité. Ou peut-être même avais-je simplement pris la voix d'une étrangère pour celle de ma mère.

Tout était possible. Je me devais d'envisager toutes ces probabilités. Et c'est pourquoi, plus que tout, j'espérais. J'espérais réentendre cette voix, et la reconnaître à nouveau. J'espérais, d'un moment à l'autre, entendre un bruit, un son, qui me laisseraient croire qu'une femme est avec mon bourreau. Car cette femme, ce pourrait être ma mère.

Mais l'espoir n'est pas éternel. Pour survivre, pour maintenir cette étincelle, il faut de la matière, un combustible. Et en deux jours, rien. Pas le moindre indice, par la moindre visite à mon bourreau. Pas de coups frappés à la porte, pas une seule fois la sonnette n'a retenti. Pas même un seul coup de téléphone.

Alors, après tout ce temps, je dois avouer que mes espoirs faiblissent. En dépit de toute ma volonté et de mon ardent désir de croire que c'était bel et bien ma mère qui se trouvait là, juste au-dessus de moi, à quelques mètres seulement, dans la même maison que moi, à respirer le même air que moi, les doutes m'assaillent.

Et malheureusement, le doute a un ami qui s'invite même si on ne veut pas de lui : le désespoir. Parce que, déjà, me laisser mourir de faim et de soif était un énorme défi. Une grande épreuve. Mais une épreuve que j'avais acceptée, étant donné que je croyais ma situation définitive et sans issue. Or, si je devais passer à nouveau par ces étapes, si je devais à nouveau me résigner, accepter que je me fusse bercée d'illusions, que c'était mon esprit qui m'avait joué un tour, alors même que j'étais si près du but…

Je ne sais pas. Je ne crois pas que j'en aurais la force. D'abord, parce que cela signifierait que je devrais à nouveau me résigner à mourir ici, seule dans ce sous-sol. Ensuite, parce que je devrais traverser à nouveau les souffrances, les crampes abominables, ainsi que la douleur lente, subtile et persistante dans mon crâne. Mais surtout parce que je sais maintenant qu'au dernier instant, au moment d'atteindre mon but, je pourrais à nouveau entendre la voix de ma mère. Mon esprit pourrait encore me jouer des tours et alors, je devrais résister, ne pas flancher. Donc, soit je reculerais et reviendrais sur ma décision, soit je mourrais, tiraillée par le doute; si j'avais attendu, aurais-je pu survivre ? Ma mère était-elle bel et bien sur le point de me retrouver ?

Et je sens que ce choix que je devrais alors faire serait au-dessus de mes forces.

Chapitre 23

Les minutes passent à une vitesse atrocement lente. Assise sur mon lit, je n'ai d'autres occupations qu'attendre, écrire et réfléchir.

Étant donné que les quelques feuilles de papier que j'avais trouvées au fond d'un tiroir de la seule commode qui meuble ma prison sont maintenant presque toutes noircies par mon écriture en pattes de mouche, je dois limiter cette activité. Alors, j'ai beaucoup de temps pour les deux autres.

Mes réflexions sont nombreuses et multiples. Elles partent dans un sens, puis dans un autre. Mais de plus en plus fréquemment, mes pensées se fixent sur deux thèmes similaires : la mort, et ce qui vient après. Sentant la mienne assez proche, je ne peux m'empêcher de me questionner face au néant, à l'inconnu et au doute. Je tente de me faire ma propre idée, de choisir ce que je préférerais qu'il se produise après la mort. Et c'est là que la religion et les croyances viennent se mêler de la partie. Selon la religion, les visions varient. Certains parlent de réincarnation, alors que d'autres parlent du paradis. Et les plus sceptiques, eux, pensent qu'il n'y a rien du tout. Le vide.

Je dois vous avouer que, plus j'y pense, moins mon idée est claire. Plus j'y pense, plus j'ai peur. Je suis terrorisée. Avant aujourd'hui, je ne m'étais jamais vraiment arrêtée à ces questions. Maintenant, je prends conscience que je n'aurai jamais de réponse et que lorsque je l'aurai, il sera trop tard.

Je suis effrayée, parce qu'à bien y penser, aucune de ces options ne me convient totalement. Chacune comporte son défaut, sa faille, qui lui fait perdre toute sa valeur. Le paradis, c'est bien. Si je ne vais pas en enfer, évidemment... Mais l'éternité, n'est-ce pas un peu... long? La réincarnation aussi, c'est pas mal. Vivre, toujours recommencer, avoir une seconde, puis une troisième chance. Mais si je n'ai aucun souvenir de mes vies antérieures, où est l'intérêt?

Reste alors... Rien. Le néant. Et si, après la mort, tout devenait noir. Simplement. Plus de signaux, fin de la diffusion. Le noir, le néant, le vide. Pire encore, la fin. Cette idée me terrifie, et me rassure à la fois. La fin des souffrances, la fin des difficultés. Mais la fin pure et simple? N'est-ce pas plus horrible encore que l'enfer? Pire que la damnation?

Êtes-vous capable de vivre avec le fait que, peut-être, tout ce que vous faites, tous les efforts que vous mettez à faire le bien, à être heureux, à réussir, vont s'éteindre bêtement avec vous? Pouvez-vous accepter que vous vous battiez tous les jours, que vous travailliez dur, et tout ça pour finir oublié, six pieds sous terre ? Cela signifie qu'au final, lorsque la mort vient vous cueillir, il n'y a aucune différence entre vous et un assassin, aucune différence entre un pauvre enfant innocent et un monstre ?

Mais il y a pire... À quoi cela sert-il de vivre, si c'est pour mourir et tomber dans l'oubli ? À quoi cela sert-il de se lever tous les matins, si l'on risque chaque jour de mourir et de voir notre existence prendre fin ? Une minute, on vit, la minute d'après on est mort. Une minute, on respire, on sent, on entend, on ressent, puis la minute d'après on n'est plus qu'une masse inerte, sans joie, sans émotion, sans existence. Une minute, on est, l'autre, on était.

Et alors, tout ce qu'il reste de nous, c'est un souvenir. Bon ou mauvais, un simple souvenir dans la mémoire des gens. Un souvenir qui, de minute en minute, s'amenuise, se flétrit, se brouille, jusqu'à disparaître complètement. Après quelques jours, on n'est plus qu'une image, une voix. Après un mois, on n'est plus qu'un nom, une vague impression associée à un lieu, à une activité, à une personne. Et après un an, on n'est plus rien. Oublié, envolé.

Je suppose que c'est là la magie de la religion, non ? Avec elle, on croit en quelque chose. On a une raison de se lever tous les matins, une raison de se battre, d'être gentil, travaillant et aimant. On passe sa vie à espérer; à espérer le paradis, à espérer qu'il y ait une vie après la vie, quelque chose de mieux, de plus beau. Et seulement si on est une bonne personne.

Mais puisque nul ne sait, que nul n'est jamais revenu pour nous le dire, la religion, qu'est-ce que c'est, sinon un tas de mensonges ? Qui sait ce qui vient, après ? Personne.

Personne ne sait, voilà la vérité. Peut-être y a-t-il un paradis. Peut-être. Ou peut-être pas. Peut-être qu'en réalité, ce qui nous attend après est beaucoup mieux. Ou peut-être pas. Peut-être que c'est, au contraire, dix, vingt, cent fois pire que ce que l'on peut imaginer.

Et peut-être qu'au final, le mieux que l'on puisse espérer, c'est qu'une fois mort, il n'y ait rien. Ni mieux, ni pire que la vie. Rien.

Chapitre 24

J'en étais rendue là dans mes pensées. J'avais atteint une certaine résignation. Je n'espérais plus grand-chose. J'attendais, tout simplement, comme seuls les vieillards savent le faire. N'avez-vous jamais remarqué que toutes les personnes âgées font pareil ? Assises dans leur chaise berçante, elles se balancent à un rythme atrocement lent, le regard perdu dans le vague. Ces gens sont tournés soit vers leur téléviseur éteint, à attendre, soit vers la fenêtre, le regard perdu dans le lointain.

Et puis il y a moi, assise sur mon lit, à fixer moi aussi le noir. En l'espace de quelques semaines, je suis passée d'une jeune adolescente pleine d'espoir, de buts, d'attentes, de vie, à une vieille bonne femme désespérée qui attend désespérément que la mort daigne venir la cueillir dans sa longue contemplation du noir.

Je perds peu à peu la notion du temps; je dors parfois la nuit, parfois le jour. Quelques fois, je ne dors pas. Je ne sais plus quel jour on est. Je m'ennuie. Je n'ai rien à faire. Peu importe, je n'ai plus envie de rien faire. Rien, sauf attendre. Attendre, encore et encore.

J'ai perdu l'envie de penser, de me souvenir, de m'imaginer. À quoi bon me remémorer tout ce que je n'aurai plus ? À quoi bon me souvenir de mon bonheur passé, puisqu'il est passé, et que mon présent et mon futur ne sont que noirceur, tristesse et oubli ? À quoi bon m'imaginer ce qui advient et ce qui adviendra de ma famille, puisque je ne le saurai jamais ? À quoi bon s'efforcer de vivre, lorsque la vie est aussi morne et ennuyante que la mort ?

—Daniel ! Daniel, s'il vous plaît, ouvrez.

Je viens tout juste d'entendre ces mots. Depuis l'étage, ils ont été prononcés par une voix triste, brisée, à demi éteinte.

—Daniel. Je sais que vous êtes là ! Ouvrez !

Oui, c'est bien elle. C'est ma mère. Cette fois, plus aucun doute possible. Pas l'ombre d'une hésitation, pas non plus les brumes de la mort pour m'engourdir. Elle est là, tout près.

D'un seul coup, je quitte mon état de vieille bonne femme espérant la mort, et je passe à son extrême opposé. Je me sens comme un enfant qui à la veille de Noël, est allongé dans son lit, à attendre fébrilement. Un enfant plein d'espoir à l'idée de voir le père Noël et de déballer tous les cadeaux qui l'attendent.

Maintenant debout près de mon lit, je suis cet enfant. J'espère revoir ma mère et sortir d'ici bientôt. Tout mon corps s'engourdit d'appréhension, de stress, d'espérance. Les prochaines secondes, les prochaines minutes, seront déterminantes.

Mais que faire, pour le moment ? Ma mère semble être à l'extérieur, et mon bourreau –Daniel, je sais maintenant son nom– ne lui répond pas. Attendre ? Hurler, crier, frapper sur la porte, tout, du moment que c'est bruyant ?

—S'il vous plaît, Daniel.

La voix de maman se fait plus faible, moins assurée. Il ne faut surtout pas qu'elle abandonne. Elle ne doit pas partir, pas tout de suite. Il faut qu'il lui ouvre, qu'elle entre dans la maison. Alors, elle pourrait m'entendre. Mais pas de l'extérieur. Non, de là, elle ne peut rien entendre. Rien du tout.

—Daniel… Pourquoi ?

Encore plus faible, plus timide, la voix de ma mère semble dévastée. C'en est fini, inutile d'espérer. Elle s'en va, et je vais rester seule ici, à attendre, encore quelques heures, quelques jours, quelques semaines, qui sait ?

—Hélène ! Oh, Hélène ! Je suis désolé. Mais ce n'est pas aussi simple que tu le crois.

C'était lui qui vient de parler. Tout bas, plus pour lui-même que pour ma mère. Et sa voix me laisse croire qu'il est triste et fatigué. Ce n'est pas la voix d'un monstre, en tout cas. Pourtant, ce devait l'être, non ?

Soudain, c'est le silence. Cette saloperie de silence qui s'étire à l'infini. Comme la veille de Noël, lorsqu'on est allongé dans son lit, à attendre, à espérer un bruit de pas, de grelots. Et comme la veille de Noël, rien ne vient. Le silence persiste, s'allonge et s'alourdit, jusqu'à écraser tout espoir, jusqu'à fermer les yeux de celui qui attend. Jusqu'à ce qu'il s'endorme. Mais moi, contrairement à un enfant la veille de Noël, je ne trouverai rien au pied d'un sapin demain matin. Non. Le mieux que je puisse espérer, c'est un sandwich un peu sec, avec une carafe d'eau. Et le silence, qui sera toujours là à m'attendre.

D'un seul coup, je redeviens une vieille femme. Une vieille femme qui attend, qui espère quelque chose qui tarde à venir. Comme si la vie… ou plutôt comme si la mort prenait un malin plaisir à faire languir ceux qui l'attendent, alors qu'elle se presse de venir cueillir ceux qui la fuient.

Chapitre 25

J'étais de retour dans mes pensées. De retour dans mes idées noires, mais avec en plus la peur d'avoir raté ma chance. Parce que les chances que ma mère revienne, qu'elle m'entende et vienne me sortir d'ici étaient assez faibles. Surtout après ce que j'avais entendu.

J'étais tellement occupée à ces pensées, que j'ai failli passer à côté d'un élément très important. Que faisait donc ma mère avec cet homme ? Et surtout, qui est-il ce Daniel ?

Ce qui m'intriguait, dans cette histoire, le plus étrange, c'était le ton de voix de ma mère. Ce n'était pas un ton de voix neutre, détaché. Pas le ton de voix que l'on utilise avec monsieur ou madame Tout-le-Monde. Ce n'était pas non plus de la colère, de la frustration ou de la haine, ce qu'elle éprouverait si elle savait à qui elle avait affaire, si elle avait compris ce qui était advenu de moi.

Non. Le plus inquiétant, le plus incompréhensible, c'était que l'on pouvait remarquer, dans sa voix, de la tristesse. Un mélange d'incompréhension, de désespoir et de tristesse. Ce qui amenait une multitude de questions sans réponse : d'où connaissait-elle cet homme ? Depuis quand, pourquoi, comment ? Ensuite, qui était-il ? Et finalement, pourquoi ma mère semblait-elle aussi peinée ?

Impossible de savoir. Sauf, peut-être, pour ce qui est de savoir qui était cet homme. Étrangement, c'était une question que je ne m'étais jamais vraiment posée; je m'étais toujours arrêtée à l'idée que cet individu était un maniaque, un fou, un dérangé qui s'était attaqué à moi parce que j'avais le *profil* qu'il recherchait. Mais maintenant que j'y pensais, maintenant que je m'attardais à la situation, à certains détails inhabituels, je ne pouvais qu'éliminer cette option. Après tout, rares sont les maniaques qui kidnappent une adolescente pour ensuite la laisser tranquille dans une chambre, en la nourrissant tous les jours. Un vrai maniaque aurait eu des idées, des comportements étranges. Il serait venu me voir, m'aurait approchée, m'aurait… Vous comprenez où je veux en venir.

Oui, c'est ce qu'un fou aurait fait. Mais le fait est qu'il n'a rien fait de cela. Alors, pourquoi ? Pourquoi m'avoir emmenée ici ? Pourquoi me garder prisonnière ?

Dès que je réfléchissais à la question, une autre pensée venait me tarauder : d'où ma mère le connaissait-elle ? Instinctivement, je combinais ces deux informations. Pourquoi ? Peut-être que s'il connaissait ma mère, il me connaissait, moi aussi. Et peut-être même que je le connaissais.

Pourquoi pas ? C'était une option à ne pas écarter. C'était même une piste très intéressante. La seule, probablement, qui pouvait déboucher sur quelque chose. Possiblement, éventuellement. C'était mon seul espoir de trouver à qui j'avais affaire. Parce qu'il m'aurait été impossible d'identifier un maniaque, à moins de le connaître. Et donc, je devais supposer que je le connaissais.

Daniel : c'était son nom. Un nom pas si commun. Mais étrangement, il avait une résonance familière à mes oreilles. J'avais l'impression d'en connaître un. Certainement pas un ami proche ou un parent. Mais un voisin ? Un professeur ? Oui, probablement quelque chose comme ça. Mais qui ? Impossible de me souvenir.

Puis il y avait cette voix. Je l'avais entendu parler. Clairement. Et cette voix ne m'était pas inconnue non plus. Je l'avais déjà entendue auparavant. Peu de temps auparavant, même. Ce n'était probablement pas un voisin, non. Je semblais être dans la maison de ce *Daniel* qui ne m'était pas étranger. Et quel idiot enlèverait la fille de sa voisine pour ensuite la cacherait dans son sous-sol ? Les risques seraient bien trop élevés, non ? La police l'interrogerait, tandis que ma mère serait toujours tout près, à portée.

Risqué. Et idiot. Non, pas si idiot. La meilleure cachette pour éviter que quelqu'un trouve quelque chose n'est-elle pas justement de mettre ce quelque chose tout juste sous son nez ? Oui, en théorie. Mais en pratique, c'est risqué. Trop risqué.

Alors un collègue de travail ? Ou un professeur ? Mais pourquoi, et d'où ma mère connaîtrait-elle ces personnes ? Aux dernières nouvelles, elle n'était pas amie avec aucun de mes professeurs. Et d'ailleurs, je ne connais pas de Daniel. Et s'il s'agissait d'un ami de ma mère que je ne connais pas ? D'un collègue de travail à elle ? Ou pire, une nouvelle fréquentation… Un nouveau copain ? Merde ! C'est peine perdue. Je ne trouverai jamais. Plus je ferme des portes, plus j'en vois s'ouvrir. De toute façon, même si je parviens à identifier mon ravisseur, à quoi bon ? Si je suis ici, c'est qu'il n'en a rien à foutre.

À moins que, justement, il m'ait choisie pour une bonne raison. Parce que je lui ai fait quelque chose, à lui. Mais quoi ? Je ne connais aucun Daniel. Comment aurais-je pu faire du mal à un homme dont j'ignore l'existence ? Comment aurais-je pu blesser quelqu'un et oublier son nom par la suite ?

Chapitre 26

Je dormais, mais pas tout à fait paisiblement. Dans cette pièce, je ne dors jamais vraiment paisiblement. C'est trop sombre, trop hostile. Trop inconnu. Trop inquiétant. Quand même, pour une fois, je ne dormais pas si mal. Puis, d'un seul coup, je me suis réveillée. Un bruit, un mouvement.

Je me relevai sur les coudes, et observai autour. Malgré que ma vue ne fût pas tout à fait adaptée à la noirceur, je ne voyais rien ni personne. Et je savais qu'il n'y avait personne. Mais étrangement, je savais aussi qu'une minute plus tôt, peut-être une seconde, quelqu'un était là. Lui. Daniel.

Sans même avoir réfléchi, sans vraiment m'en être rendu compte, je m'entendis dire timidement :

—Monsieur…

Un silence atroce s'ensuivit. Un silence long, rempli d'appréhension, de doute. J'observais le filet de lumière qui filtrait sous la porte en tentant de savoir si je pouvais discerner l'ombre de mon bourreau. Impossible à dire, évidemment. Mais j'avais l'impression, la forte impression que…

—Daniel ?

Je me surpris moi-même à m'entendre parler. Mon instinct. Étrange instinct, qui me poussait à agir, à parler. Mais à dire quoi ? Et dans quel but ?

—Daniel… s'il vous plaît. Laissez-moi sortir. Ouvrez-moi, et laissez-moi m'en aller. Je ne dirai rien. Je ne sais pas où je suis, je ne sais pas qui vous êtes. J'ai entendu votre nom, mais c'est tout. Je le jure.

Qu'est-ce que je disais ? Qu'est-ce que je faisais ? À quoi bon l'implorer stupidement de me laisser sortir ? Pourquoi chercher à le faire parler ? Oui, c'est ça, j'essayais de le faire parler. S'il avait parlé, j'aurais peut-être pu le reconnaître, non ? Et si je l'avais reconnu ? Ça m'aurait aidée ? Ou n'aurait-ce pas été l'inverse ? Car si j'arrive un jour à le reconnaître, jamais je ne sortirais d'ici vivante.

—Tais-toi !

C'est tout ce qu'il m'a répondu. Deux mots. Deux horribles mots, criés par une horrible voix. Une voix forte, méchante. Ou plutôt, une voix déformée par la haine, par la rage, par la frustration. Je l'avais énervé.

Et je l'ai reconnue. Oui, j'ai reconnu cette voix. Une voix commune, que j'avais entendue quelques fois déjà. Mais où?

Cherche, cherche, cherche… Même aujourd'hui, j'ai beau travailler fort, réfléchir, ou alors arrêter de réfléchir, rien à faire. Je ne trouve pas. Je sais, une partie de moi sait. J'ai même l'impression d'avoir une image, une photo ou un souvenir associés à cette voix. Mais dès que mon esprit s'approche, dès que mes pensées se tournent vers ce souvenir, il s'évanouit.

Je sens une frustration me gagner. Je dois trouver, merde! Ma survie en dépend peut-être. Mais rien. Impossible de trouver.

Chapitre 27

Gabrielle Couture.

Je devais écrire ce nom, le noter, le plus rapidement possible, pour être certaine de ne pas l'oublier. Pour m'assurer qu'il ne m'échappe pas. C'est elle, la clé. Le lien. L'explication.

Je viens tout juste de me réveiller, de m'extirper des méandres du sommeil, de quitter de force le rêve que je faisais, dans le seul et unique but d'écrire ce nom sur le papier. Parce que ce nom est la pièce manquante, celle qui m'a permis d'identifier mon bourreau.

Gabrielle Couture. Une adolescente de mon âge avec qui je n'ai pas toujours été gentille. Loin de là, même. Daniel Couture. Son père. Professeur de chimie. Excellent professeur, à ce qu'on disait. Mais je n'en sais rien, je n'ai pas fait de chimie. Daniel Couture. Oui. C'est bel et bien lui, plus aucun doute. Sa voix... Oui, je la reconnais, maintenant. Daniel Couture. Le père de Gabrielle. *La* Gabrielle. Celle qui... Merde ! Je suis vraiment dans la merde !

Mais étrangement, ça me soulage. Non, ça ne me soulage pas. En revanche, ça... clarifie les choses. À bien y penser, j'aime mieux savoir ce qui m'attend. Même si mon avenir est peu prometteur, c'est toujours mieux de le savoir que de vivre dans le doute et l'incertitude.

Hier, j'étais là, dans cette pièce, à me demander qui m'avait emmenée ici, et en m'interrogeant sur ses raisons. Mon ravisseur veut-il me violer ? Me tuer ? Me vendre ? Aucune idée. Le néant. C'était horrible. Au moindre bruit, je sursautais, je m'imaginais des dizaines de scénarios. Un peu comme ces romans dont le lecteur peut influencer l'histoire. Du style : *Tu es coincé dans une pièce sombre. Tu es seul, désarmé. Une porte, devant toi, s'ouvre lentement. Si tu choisis de te tenir le plus loin possible de celle-ci, va au chapitre 39. Si, au contraire, tu préfères découvrir ce qui se cache de l'autre côté, dirige-toi vers le chapitre 15.*

C'est ce qui se déroulait hier dans ma tête. Tu ne sais pas ce qui t'attend, tu ne sais pas comment tu devrais agir. Alors, fais un choix, et espère. Et ça, c'est dans le meilleur des cas. Parfois, il n'y a pas de choix. Tu commences le chapitre 39, puis, après quelques lignes, tu lis quelque chose comme : *Malheureusement, tu ne réussis pas à lui échapper. Il t'attaque. Défends-toi au chapitre 15.*

Wow ! Merveilleux ! Merci, pour le choix ! Malheureusement, malgré les nombreuses fins possibles, malgré que toutes mes actions influencent cette fin, ce n'est pas moi, l'héroïne. Moi, je ne suis que la victime. Victime? Peut-être. Ou peut-être pas. C'est une question de point de vue, non? Selon mon point de vue, ou celui de ma mère, je suis la victime. Mais selon le point de vue de mon bourreau, suis-je la victime? Ou est-ce Gabrielle, la victime? Si c'est le cas, qu'est-ce que cela ferait de lui? Le héros? Oui. C'est lui qui lit le livre et qui choisit.

Rends-toi au chapitre 21 pour kidnapper la fille.

Séquestre-la dans ton sous-sol au chapitre 29.

Si elle tente de s'enfuir, poursuis-la au chapitre 14. Mais si elle est calme et soumise, dirige-toi au chapitre 6.

Et alors, la grande question, c'est : quand, et à quel chapitre, il allait tomber sur : *La partie est finie. Rends-toi au chapitre 42 pour tuer la fille*? Parce que, maintenant que je sais à qui j'ai affaire, je sais que c'est le dénouement qui m'attend. Je le sens dans mes tripes. Et un étrange pressentiment me laisse croire que c'est pour bientôt. Très bientôt. Demain. Ou cette nuit, peut-être. Qui sait?

Eh, mais une minute! Je viens de penser à quelque chose. Ma mère ne connaît pas Daniel Couture. Même qu'elle n'a jamais entendu parler de lui. Alors deux questions s'imposent à mon esprit. Qu'est-ce qu'elle foutait à frapper à sa porte? Et comment a-t-il réagi, lui, en voyant ma mère devant chez lui? Je suppose que la réponse se trouve quelque part entre les chapitres 15 et 22 de son foutu livre!

Chapitre 28

Donc, me voilà fixée. Si Daniel Couture m'a amenée ici, s'il me garde prisonnière dans cette pièce, c'est pour me voir mourir. Oui. Il espère ma mort. Mais avant, il y a de fortes chances qu'il veuille que je souffre. Que j'aie mal, que j'aie peur. Et que je souhaite, en fin de compte, mourir. Oui, c'est probablement ce qu'il veut. Il veut se venger.

Cela signifie que ma fin est assurée. Et proche, j'en suis certaine. Alors, que me reste-t-il à faire ? Me reste-t-il un quelconque espoir de rester en vie ? De m'en sortir ? Je ne crois pas. J'ai essayé de lui parler, de marchander, mais il n'a rien voulu entendre. Et je le comprends, maintenant. Après ce qui est arrivé. Après ce que j'ai fait...

Dans ce cas, que puis-je espérer ? L'arrivée tardive et providentielle de ma mère ? De la police ? C'est dans le domaine du possible. Mais improbable. Très improbable. Aussi bien ne pas compter là-dessus. Cette fois, je suis seule. Complètement seule, livrée à moi-même. Si je m'en sors, ce sera grâce à moi. À moi, et à moi seule. Si...

Mais comment ? Comment m'en sortir ? Comment échapper à cette pièce, comment échapper à cet homme ? Aucune fenêtre, et une seule porte, verrouillée de surcroît. Inutile de tenter de la forcer... Je n'ai rien pour le faire, et même si je réussissais, je devrais gravir un escalier et réussir à trouver la sortie sans me faire repérer. Improbable. Très improbable.

Ma seule option reste donc... Oui. Peut-être. Ça pourrait marcher. *Pourrait.* Sinon, le pire qui pourrait arriver, c'est que j'échoue. En pareil cas, les conséquences seraient-elles si terribles ? Pires que si je ne fais rien ? C'est improbable. Très improbable, même. Alors pourquoi pas ?

Chapitre 29

Ça y est. La dernière feuille qu'il me reste. Et qui, j'en ai bien peur, pourrait très bien coïncider avec la dernière journée qu'il me reste à vivre. C'est une éventualité. C'est même très probable. Et ce hasard a un petit quelque chose de bien peu… naturel. Oui, comme si c'était prévu, calculé, planifié.

Mais comment Daniel aurait-il pu prévoir ça ? Comment aurait-il fait pour savoir ? Je cache ces feuilles sous mon oreiller, pour être certaine qu'il n'y ait pas accès. Non, c'est probablement un hasard. Parfois, la vie est étrangement faite. Les choses se placent, les étoiles s'alignent. C'est toujours facile d'accepter que les choses semblent logiques, calculées et planifiées, lorsque c'est pour le mieux, et que ça favorise notre bien. Mais parfois, tout ne va pas comme on l'espère. Dans ces moments, on n'aime pas croire que c'est ce qui doit se passer. Or, il semble que nous n'ayons pas le choix et qu'on doive subir.

Alors, puisque je n'ai plus beaucoup de temps, et encore moins de papier, je vais profiter de ce qu'il me reste pour faire mes adieux. Peut-être vais-je survivre. Peut-être mon plan (parce que j'ai un dernier espoir de m'évader) fonctionnera-t-il. Si c'est le cas, je serai enfin libre. Et j'aurai tout le loisir d'écrire la suite. De tout raconter.

Mais le fait est qu'il y a aussi le risque que je meure. Et très bientôt. Si telle est la fin qui m'attend, je veux faire mes adieux.

Papa, maman, je vous aime de tout mon cœur. Si vous lisez ceci, je veux que vous sachiez que vous n'avez rien à vous reprocher. Vous m'avez tout donné, vous avez toujours fait de votre mieux, et je vous en remercie.

Sachez que si je suis ici et que ma vie est menacée, ce n'est pas votre faute. C'est la mienne, uniquement la mienne.

Aujourd'hui, je prends conscience de ce que j'ai fait. Je constate que je n'ai pas été parfaite, que j'ai commis des erreurs. De graves erreurs qui parfois, ont eu des répercussions horribles. Et je le regrette. Si je pouvais revenir en arrière, je le ferais; et je ne dis pas ça simplement dans l'espoir d'éviter ce qui m'attend. Je le pense vraiment.

Je conclus cette lettre en vous demandant de ne pas pleurer. J'ai été heureuse. Et vous méritez de l'être aussi. Vivez votre vie, soyez heureux et libres. Faites-le pour moi.

Au revoir.

P.-S : Souhaitez-moi bonne chance.

Pour Gabrielle, le jour de ses 18 ans

Gabrielle, ma fille, mon bébé,

Je t'écris cette lettre aujourd'hui, car je n'arrive pas à mettre de l'ordre dans mes pensées. Aujourd'hui même, quelques heures avant que j'aie eu l'idée d'écrire cette lettre, tu es née. Toute petite, toute fragile.

Dès la seconde où je t'ai vue, Gabrielle, je t'ai aimée. Tu es si belle. Depuis que tu es née, je ne cesse de sourire. Tu ne peux pas imaginer ce que ça fait. C'est si merveilleux.

Aujourd'hui, je me suis fait la promesse que je serai là pour toi, peu importe ce qui adviendra. Toujours. Dans les hauts comme dans les bas. Je veux être présent lorsque tu prononceras tes premiers mots et feras tes premiers pas. Je veux être avec toi tous les soirs, et te raconter une histoire pour que tu t'endormes. Je veux te voir entrer à la maternelle, puis au secondaire. Je veux être là pour te voir perdre ta première dent. Je veux t'aider à apprendre à faire du vélo. Je veux être là, avec toi, pour te consoler quand tu vivras des déceptions et des échecs. Et je veux aussi être là dans tes meilleurs jours, celui de ton mariage, et, qui sait, à la naissance de ton premier enfant.

Quand tu liras cette lettre, tu auras 18 ans.

Tu es une adulte, maintenant. Oh, mon Dieu ! Rien qu'à y penser, j'ai le tournis. Au moment où j'écris ces lignes, j'espère que ce jour n'arrivera pas trop rapidement. Tu es une adulte, et, probablement, tu crois que tu n'as plus besoin de personne. Tu es grande, tu es autonome, et tu n'as plus besoin de tes parents. Mais je veux que tu saches, ma fille, que je suis là. Et je serai là tant que je vivrai. Si tu as besoin de moi, si tu as besoin d'un refuge, d'une épaule sur laquelle pleurer, peu importe. Je suis là.

Et je t'aime. Plus que tout.

Papa

Partie 2

La rage au cœur

1

Je griffonne ces quelques mots dans l'espoir que quelqu'un tentera de me comprendre, dans l'espoir que quelqu'un comprendra que je suis plus que le monstre que l'on dépeint dans les journaux.

Je suis bien conscient de l'image que les médias véhiculent à mon sujet. On me présente comme un être sans foi ni loi, sans conscience, dépravé, méchant, fou. Mais je ne suis pas cet homme qu'il veulent vous montrer.

Oui, j'ai commis les actes mentionnés dans les journaux. Oui, j'ai commis des erreurs. Mais j'ai aussi été victime des circonstances, victime des événements. Alors s'il vous plaît, prenez le temps de lire ces quelques pages. Lisez, faites l'effort d'essayer de comprendre ma version des faits, et alors, alors seulement, vous pourrez me juger. Je vous laisserai me juger, me critiquer et m'insulter autant que vous le voudrez. Mais avant, vous devez obtenir toutes les informations nécessaires. Pas seulement ce que les médias en disent. Vous méritez la vérité. Et je vous la livrerai. Enfin, ce que j'en comprends.

J'entamerai mon récit par la partie que vous connaissez; celle qui a été médiatisée. Et après, seulement après, je raconterai le début de l'histoire. Ce qui est à l'origine de tout. Pourquoi commencer par le milieu, et non le début ? C'est probablement la question que vous vous posez. Et la réponse est bien simple. Je ne suis pas prêt. Je n'en ai pas la force. Mettre des mots sur cet événement de ma vie, les mettre sur papier, reste trop difficile pour moi.

Eh oui. Le monstre que je suis a des émotions, des limites. Je suis humain, faible, imparfait. Tout comme vous. Ou plus encore.

2

Je me présente, bien que ce soit probablement inutile. Vous avez probablement entendu parler de moi à la télévision, ou dans les journaux. Peu importe, je me présente tout de même. Daniel Couture, 43 ans, enseignant en chimie. En tout cas, c'est ce que j'étais avant que ma vie ne prenne une autre tournure. Avant ce jour terrible, ce jour où ma vie s'est écroulée.

Malgré ce que l'on pourrait croire, malgré le crime que j'ai commis, avant les événements des derniers mois, mon casier judiciaire était vierge. Pas un seul vol, aucune bagarre, aucune erreur de jeunesse. Rien. Surprenant, non?

Sinon, je suis un homme plutôt banal. Marié une fois, divorcé. J'ai une fille. Une fille merveilleuse, magnifique et intelligente.

Alors, pourquoi avoir commis un acte aussi terrible? C'est la question qui brûle les lèvres de tous et qui demeure sans réponse. Pourquoi un homme sans histoire s'est-il transformé en criminel? Pourquoi foutre en l'air une vie entière, à 43 ans? Pourquoi? Bonne question. Mais pour connaître la réponse, vous devrez patienter.

Seconde question qui doit vous chatouiller : comment un homme banal peut-il s'être préparé pour commettre un tel crime? Comment fait-on? Là, c'est votre curiosité malsaine qui vous guide. Vous aimeriez savoir comment on se prépare, qu'est-ce qu'on fait. Vous aimeriez ressentir cette poussée d'adrénaline qui vous gagne et qui vous propulse lorsque vous êtes sur le point de passer à l'action; cette sorte de frisson électrisant qui vous transperce une fois que le crime est commis, et réussi. Sur ce point, je peux vous éclairer un peu plus.

***

Donc, commençons avec Alice. Son nom à elle. Car après tout, c'est à ce moment que l'histoire commence. Selon les journaux, en tout cas. *Une jeune adolescente portée disparue : ses parents ne l'ont pas vue depuis trois jours.* C'est le premier article qui a été publié au sujet de la jeune femme. Mais pas le dernier, soyez-en certains.

Les questions qu'on me pose généralement sont les suivantes : comment ai-je fait? Et pourquoi?

Mon plan s'est dessiné très sournoisement dans ma tête. Tout a commencé à partir du jour où je l'ai remarquée pour la première fois, alors qu'elle passait devant chez moi. Je l'ai observée, de loin, installé sur mon sofa. Au début, je la regardais sans trop réfléchir, sans trop m'en rendre compte. J'observais par la fenêtre, et elle était là, qui passait, par hasard. Puis je me suis mis à l'attendre. À m'assurer qu'elle passait chaque jour. À m'inquiéter chaque fois qu'elle le faisait en accusant du retard.

Avec le temps, presque involontairement, sans que je me l'avoue, je me suis mis à choisir ce moment précis pour sortir faire mes courses. Je la laissais passer, puis je sautais dans ma camionnette et je partais. Lentement, je la suivais, puis, au coin de la rue, je la dépassais et m'en allais faire ce pour quoi j'avais quitté ma maison.

Un jour que je n'avais pas de raison de sortir, je me suis tout de même dirigé vers la garde-robe, j'ai enfilé mes chaussures, pris mon manteau et mes clés, et j'ai suivi l'adolescente. De devant chez moi, jusque chez elle. Le lendemain, je l'attendais à l'école.

C'est ainsi que, subtilement, sournoisement, j'ai développé une obsession pour elle. Une fascination malsaine. Puisque je l'avais épiée pendant quelques mois, je ne rencontrai aucune difficulté quand vint le temps de passer à l'action.

3

L'idée m'est venue comme ça, par hasard. Je feuilletais un catalogue, à la recherche de nouveau matériel pour l'école. Et mes yeux se sont fixés sur le chloroforme. Une idée a germé. Un plan. Simple, mais efficace. Un linge de chloroforme. Une rue plutôt sombre, déserte.

Cette idée m'a traversé l'esprit, comme un éclair. Une idée folle. Un fantasme. Je me suis aussitôt raisonné... *Ce n'est qu'une idée loufoque, je ne ferais jamais une chose pareille.* Enfin, c'est ce que je me répétais, en espérant me convaincre. Mais le temps passait, et mes pensées revenaient encore et toujours sur le sujet.

Je luttai durant des jours et des semaines. Mais l'idée avait fait son chemin. Et avec le temps, elle avait fini par grandir en force et en importance, et même à occuper toutes mes pensées.

Je planifiais le lieu, la date, l'heure à laquelle je passerais à l'action. Même le jour où j'ai reçu le chloroforme et où je devais mettre mon plan à exécution, ma conscience se berçait d'illusions. J'osais encore me répéter que je ne ferais rien, que ce n'était qu'une fantaisie de mon esprit.

Mais plus l'heure approchait, plus ma conviction s'affermissait. J'irais jusqu'au bout. Plus aucun doute possible.

4

J'étais installé au volant de ma voiture et j'attendais impatiemment. Le stress me serrait l'estomac et l'appréhension engourdissait mes jambes. Mon regard passait constamment de ma montre à la petite bouteille de chloroforme, sur le siège à côté de moi. Le temps semblait passer si lentement, c'en était atroce.

Alors que ma conviction n'avait fait que grandir au fur et à mesure que la journée avançait, maintenant que j'étais là, assis au volant de ma camionnette à attendre patiemment dans une ruelle peu fréquentée, mes certitudes s'ébranlaient, ma détermination fléchissait.

Et si le chloroforme ne faisait pas effet assez rapidement ? Et si elle s'enfuyait avant que je ne l'endorme ? Et si elle me reconnaissait ? Et si quelqu'un passait, et me voyait ? Et si… ?

La peur m'envahissait, la panique prenait le contrôle. L'esprit embrouillé, je me tenais la tête à deux mains. Je perdais mes repères et mon calme m'abandonnait. Je tournai la clé dans le contact, prêt à décamper, à aller me réfugier chez moi pour me recroqueviller sur mon lit et tenter d'oublier cette folle idée qui m'avait traversé l'esprit l'espace de quelques semaines.

C'est à ce moment précis, alors que je relevais les yeux vers la rue, finalement résigné à partir, que je la vis. Elle était là, à marcher lentement, de sa démarche provocatrice. À certains moments de ma vie, comme en cet instant, je ne peux m'empêcher de croire en quelqu'un, ou en quelque chose de plus grand que moi.

Elle passait, alors même que j'allais abandonner. C'était un signe. Ma détermination gonfla d'un seul coup. Grâce à ce signe, je savais que ce n'était pas seulement moi qui voulais passer à l'action. Quelqu'un, celui qui tire les ficelles, le metteur en scène de cette grande histoire, voulait que je le fasse, refusait que je me désiste.

Revivifié par cette pensée, je pris la bouteille de chloroforme et une serviette d'une main, et de l'autre, j'ouvris la portière. La peur avait disparu. Je sentais une vague d'énergie parcourir mon corps, pendant que toutes mes inquiétudes se dissipaient. Mes yeux étaient fixés sur l'adolescente qui marchait à quelques mètres devant moi. J'ouvris la bouteille de chloroforme, puis en versai une bonne quantité sur la serviette. L'heure était venue.

La suite se déroula très rapidement. J'attrapai l'adolescente, passai un bras autour de sa taille et plaquai la serviette sur sa bouche et son nez. Elle était plutôt frêle, et mes forces étaient décuplées par l'adrénaline. Elle se débattit légèrement, mais je la maîtrisai sans problème.

Deux minutes plus tard, elle était allongée à l'arrière de ma camionnette et je roulais en direction de chez moi. Toujours survolté, j'empoignais le volant de toutes mes forces. Je n'avais jamais rien ressenti de tel. Jamais. J'avais envie de crier, de chanter, de rire. Je ne savais pas vraiment. Je jetais parfois un coup d'œil dans le rétroviseur, et je la voyais. Ça me surprenait chaque fois. C'était bien réel. Je venais de commettre un crime. Je venais d'enlever une adolescente. Et je ne regrettais rien. Je n'avais même pas peur.

Cinq autres minutes plus tard, elle était enfermée dans mon sous-sol. C'était la meilleure cachette que j'avais pu trouver jusque-là. Éventuellement, je la déplacerais si la chose s'avérait nécessaire. Je lui avais fait avaler des somnifères, autant pour prolonger son inconscience que pour la désorienter.

Elle était allongée sur le matelas, le visage paisible, le teint pâle, les yeux clos. Endormie. J'étais incapable de la quitter des yeux. J'étais là, debout, immobile, le regard fixé sur elle. Tout juste si je ne la fusillais pas du regard. Qu'allais-je faire d'elle ?

5

C'est à ce moment seulement que d'importantes questions, des éléments essentiels que je n'avais pas prévus, m'assaillirent.

Qu'allais-je faire lorsqu'elle se réveillerait ? Comment allais-je la nourrir ? Et si quelqu'un venait chez moi, comment m'assurer qu'on ne la trouve pas, ou qu'on ne l'entende pas ? Et si on me suspectait ? Quel serait mon alibi ? Avais-je laissé des traces, des indices ? Que faire avec le chloroforme ? J'étais foutu ! Mon esprit ne faisait que répéter en boucle ces questions, sans jamais trouver de réponse. Mon estomac se nouait, mes jambes et mes bras tremblaient. Même ma vision se brouillait.

Je me souviens avoir réussi à ouvrir la porte du bureau de ma femme, au sous-sol. Ensuite, je me souviens l'avoir verrouillée. Puis, le noir total. Rien. Aucun souvenir.

J'ai repris conscience près de huit heures plus tard, allongé sur mon lit, tout habillé. J'étais confus. Très confus, même. J'ai dû fixer le plafond une bonne heure encore, à essayer de me remémorer ce que j'avais fait. Avais-je rêvé ? Avais-je tout imaginé ou bien avais-je vraiment eu le cran de passer à l'acte ?

Je ne pouvais me résoudre à imaginer que cette histoire était réelle. Je ne voulais pas croire un seul instant que tout ça s'était bel et bien produit. Mais ça semblait si vrai, si réaliste. Si je me concentrais, si j'y pensais bien, je pouvais sentir le parfum de l'adolescente dans mes narines, puis l'effluve du chloroforme qui avait aussitôt suivi. Je pouvais me souvenir du poids de la gamine sur mon bras, alors que ses jambes cessaient de la supporter. Pouvait-ce vraiment être un rêve ?

Il n'y avait qu'une seule façon de le savoir, et j'en étais bien conscient. Je devais descendre au sous-sol pour vérifier.

Et c'est ce que je fis. Péniblement, je me remis sur mes deux pieds. Je chancelai quelques instants, puis repris un peu d'assurance. Lentement, difficilement (était-ce la fatigue, la faiblesse et la peur, ou bien essayais-je simplement de retarder le moment où je devrais ouvrir cette maudite porte ? Je ne saurais le dire.), je descendis les marches une à une, en m'arrêtant chaque minute pour me calmer.

J'atteignis finalement la porte. Mes mains tremblaient, mais je m'obligeai à saisir la poignée. Mes paumes étaient moites et je transpirais à grosses gouttes. Après encore quelques minutes d'hésitation, mes mains se raffermirent. Je tournai la poignée, et ouvris la porte.

Elle était là. Comme dans mon souvenir; allongée sur le lit, endormie, calme et paisible.

Je fis demi-tour, et montai les marches quatre à quatre. Qu'avais-je fait ?

6

Alors que je vous le raconte, alors que je revis ces moments, je ne sais trop que penser. Je relis ce que j'écris, encore et encore, et je me questionne. Cet homme que je décris, cet homme dont je parle, est-ce vraiment moi ? J'ai de la difficulté à m'imaginer prendre plaisir à commettre cet acte. Et pourtant.

Pire encore, j'y réfléchis; je ressasse constamment cette histoire, et me questionne. Si je pouvais revenir en arrière, si je pouvais tout recommencer, que ferais-je ? Étrangement, je crois que je ne changerais rien. En fait, je crois que je ne pourrais rien changer. Si j'ai agi ainsi, si j'ai commis cet acte, ce n'était pas par choix. Je vous l'ai déjà dit, et je vais le répéter. En certains moments de ma vie, en certaines situations critiques, alors que j'atteignais des tournants de ma vie, les événements se sont enchaînés avec une logique si infaillible et si inespérée, qu'il m'était impossible de croire au hasard. Chaque fois que c'est arrivé, j'avais l'impression que j'étais guidé. Je sentais que quelqu'un me poussait et m'encourageait à continuer.

Je sais ce que vous pensez, ce que vous imaginez. *Soit il est fou, soit il est stupide. Soit il s'imagine des choses, soit il tente de s'enlever le blâme.* Vous avez tort. Je prends tout le blâme pour mes actes.

Mais j'insiste. Je ne sais pas comment appeler cette force. Peut-être certains la nommeraient-ils Dieu, ou alors le destin. Je n'en ai aucune idée. Je ne sais même pas si je crois à ces histoires. Tout ce en quoi je crois, c'est en ces impressions que j'ai eues. En ces pressentiments tellement forts qu'ils en devenaient presque des certitudes.

Quelque chose agissait pour que je poursuive mes actes, que j'aille au bout de mes entreprises. Et ce n'était pas le hasard. Impossible.

Mais je m'égare. Pardonnez-moi. Continuons où nous nous sommes arrêtés. Il y avait bel et bien une adolescente inconsciente dans mon sous-sol. Et j'étais au salon, à faire les cent pas.

7

J'étais au salon, à tourner en rond, l'esprit en ébullition. Je venais d'enlever une adolescente, en plein jour. Elle était dans mon sous-sol, endormie pour le moment. Heureusement. Mais elle se réveillerait. Elle crierait, elle hurlerait.

Et j'avais encore dans ma voiture une serviette imbibée de chloroforme, avec une bouteille de ce dangereux liquide. Et j'avais peut-être été vu. Et reconnu. Moi, ma voiture, mes vêtements. Quelqu'un avait sûrement remarqué quelque chose.

Que faire ? Aller moi-même au poste de police, me dénoncer et espérer éviter la prison ? Non, trop risqué. Il était trop tard pour avoir des remords. Relâcher la gamine, en l'obligeant à se taire ? Encore trop risqué. Beaucoup trop. Attendre ? Ne rien dire, ne rien faire, et espérer ? Ne rien dire, oui. Espérer, oui. Mais ne rien faire, impossible. L'immobilité et l'attente seraient trop pénibles. Je me retrouverais seul avec moi-même, et serais confronté à mes inquiétudes.

Ces réflexions en tête, ma conviction se raffermit. J'avais commis un crime et je ne pouvais pas revenir en arrière. Si je voulais m'en sortir, je devais passer à l'action, et ce, immédiatement.

D'abord, détruire les preuves. J'enlevai mes vêtements et les mis tous dans un sac à ordures. J'y ajoutai la serviette et la bouteille de chloroforme, que j'avais vidée et mise en miettes. Le sac disparaîtrait dans la poubelle d'un restaurant ou d'un magasin dès que l'occasion se présenterait.

Ensuite, ma voiture. Il y avait certainement des cheveux, donc de l'ADN sur les sièges. Je passai l'aspirateur deux fois, partout, en plus de tout frotter avec un produit désinfectant. J'étais toutefois conscient que je n'avais pas réussi à détruire toutes les preuves, toutes les traces, et que je ne serais jamais vraiment hors de danger. Mais j'avais fait ce que je pouvais. Après, je respirai un peu mieux. Le poids qui m'écrasait la poitrine venait de diminuer grandement. Mais une chose me triturait encore… L'adolescente qui se trouvait dans mon sous-sol. Que faire avec elle ? La garder chez moi et faire de mon mieux pour que personne ne remarque rien ? La déplacer et la cacher en un lieu où personne ne risquait de la trouver ?

Encore une fois, je me retrouvais à tourner en rond, dans mon salon, à essayer de trouver l'endroit parfait, la cachette idéale. Le cabanon à l'arrière de la maison ? Non. Mal isolé, trop visible. Le vieux chalet que mon père m'avait légué et que je n'avais pas visité depuis des années ? Trop décrépi, probablement. Et loin. Où, alors ?

Et si je la laissais dans le sous-sol ? À portée de main. Sous le nez de tous. Oui. C'était l'idéal. Et avec quelques petits aménagements rapides, ce serait discret.

Mais pour le moment, dormir. Reprendre des forces pour être prêt à affronter la suite des choses. Être reposé, calme, solide. Je me dirigeai donc vers l'escalier, dans l'intention d'aller m'allonger sur mon lit et de dormir autant que possible. Mais une attraction étrange, irrésistible, m'attira vers le sous-sol. Vers l'adolescente. Je devais la voir, vérifier qu'elle était là, vivante, prisonnière. *Ma* prisonnière.

8

Je l'ai déjà mentionné, je crois. Avant, moins d'une année avant les événements que je vous raconte, j'avais une vie normale, heureuse. J'avais une famille : une femme et une fille. J'étais un homme comme tous les autres, heureux. Rien ne laissait présager que je deviendrais l'individu que l'on décrit aujourd'hui dans les journaux. Moi-même, je n'aurais jamais pu l'imaginer, alors...

Mais un jour, tout a basculé. Ma vie s'est écroulée. En moins d'une heure, tout a changé. Un soir, en revenant de travailler, je me suis retrouvé face à une scène terrible. Je ne fais qu'y songer, et mes poils se dressent sur mes bras, les larmes me brouillent la vue. Un instant, j'étais heureux, tout allait bien dans ma vie. La minute suivante, le malheur, la tristesse, le désespoir, l'incompréhension... Toutes ces émotions m'assaillaient en même temps. Et ces émotions ne m'ont jamais quitté depuis. Jamais, sauf peut-être ce jour-là, lorsque je suis descendu au sous-sol et que je l'ai entendue.

J'étais là, au pied de l'escalier, à regarder fixement la porte. Je l'entendais pleurer, hurler, gémir. Je l'entendais se promener et frapper à la porte. Elle avait peur. Elle paniquait. Et, étrangement, cette certitude me faisait du bien. Elle souffrait. Autant que j'avais souffert.

Combien de temps suis-je resté là, à l'écouter ? Je ne saurais dire. Longtemps. Très longtemps. Ses pleurs me rassuraient, me calmaient.

9

Les jours qui suivirent me firent découvrir une facette de ma personnalité que je ne me connaissais pas. Depuis l'enlèvement, j'étais un tout autre homme. Je me sentais revivre, je retrouvais une motivation, un but.

Alors que l'on pourrait croire que la peur des conséquences de mon crime m'aurait rendu anxieux ou paranoïaque, l'inverse s'est produit. J'étais d'un calme déconcertant. Je dormais sur mes deux oreilles, je n'avais rien changé à ma routine, j'étais d'une humeur joviale, calme et détendue.

Comment expliquer cette réaction ? Difficile à dire. Peut-être cette nouvelle expérience était-elle en parfait accord avec mon *Moi* intérieur. Non. Je rigole. La vérité, c'est que depuis peu, j'étais seul chez moi, livré à moi-même. Ma maison était vide, silencieuse. Ma vie aussi. Je n'avais plus à m'occuper de personne, je n'avais plus à prendre soin de ma femme et de ma fille. Alors avoir quelqu'un dont la vie (la survie, même) dépendait seulement et totalement de moi avait un côté à la fois motivant et mobilisant.

Ça peut sembler étrange, troublant, même, mais durant les premières semaines, je ne suis jamais entré en contact avec l'adolescente. Tard dans la nuit, ou alors très tôt le matin, tandis qu'elle dormait, je lui déposais ce dont elle avait besoin. Pour le moment, je n'avais besoin de rien de plus. Me mobiliser, avoir un but, une tâche. Me sentir indispensable. Et, je dois l'admettre, lorsque ça ne me suffisait pas, je descendais et m'installais près de la porte. Ensuite, je n'avais plus qu'à écouter. La souffrance de cette adolescente, son désespoir, étaient pour moi une source de réconfort. Et donc, j'étais heureux.

10

J'ai déjà mentionné qu'avant, j'avais une famille. Une femme et une fille. J'étais marié depuis vingt ans lorsque ma femme m'a quitté. Vingt ans, vous imaginez? Vingt ans à partager la même maison, à passer la majeure partie de notre temps ensemble.

J'ai aimé cette femme à l'instant même où je l'ai vue, et après, je n'ai fait que penser à elle, encore et toujours. Et elle m'aimait aussi. Elle m'aimait encore, jusqu'à l'année dernière.

Qu'est-ce qui peut séparer un couple marié depuis vingt ans? Peu de choses. Un événement terrible. Si horrible, si destructeur, que votre vie ne peut plus jamais être la même. Un événement qui vous pousse à fuir tout ce qui, avant, vous rendait heureux, tout ce qui vous faisait du bien. C'est simple. Vous ne pouvez plus être heureux, vous ne voulez même plus essayer d'être heureux. Vous fuyez le bonheur.

C'est ce qui est arrivé à ma famille il y a un an. Si jamais ces quelques pages se rendent à ma femme, j'espère qu'elle les lira, qu'elle comprendra, et qu'elle me pardonnera.

Mais ne changeons pas de sujet. J'ai aussi une fille. Une adolescente de 15 ans. Belle, intelligente, gentille. Je l'aimais. Du plus profond de mon cœur. Je l'aimais tellement.

Le plus terrible, avec le bonheur, c'est que lorsqu'il s'en va, on ne peut plus l'oublier. Même si on essaie de toutes nos forces. Même si on tente de l'oublier, de le cacher quelque part, très loin au fond de sa mémoire, il revient toujours nous hanter. Pire : le malheur ne fait que nous rappeler à quel point nous étions heureux avant. Et à quel point nous sommes misérables maintenant.

11

Revenons maintenant sur la disparition de la jeune Alice Desbiens, une adolescente de 16 ans. Ses parents sont sans nouvelles d'elle depuis maintenant une semaine, et les autorités n'ont toujours aucune piste.

Je me souviens avec une clarté surprenante de ce matin où pour la première fois, j'ai entendu mon crime mentionné à la télévision. Je me préparais alors un bol de céréales dans la cuisine.

Étrangement, je n'avais jamais pensé qu'on parlerait de mon crime aux nouvelles, dans les journaux et à la télévision. Non. Stupidement, cette pensée ne m'avait jamais traversé l'esprit. Alors en entendant ce nom, Alice Desbiens, mon cœur a fait trois tours, mon esprit s'est vidé. Je suis demeuré debout, près du comptoir, le regard fixé sur la télévision. Abasourdi, j'écoutais la voix de l'annonceur. On parlait de moi. De mon crime. Et, bonne nouvelle, la police n'avait aucune piste. Aucun témoin. Rien du tout.

Maintenant, allons retrouver notre reporter, Catherine Dufour, qui est allée rencontrer la famille de l'adolescente.

À l'écran s'est alors matérialisée l'image d'une petite femme rondouillarde, avec des cheveux emmêlés, d'énormes cernes noirs sous les yeux, et des rides qui déformaient son visage. Elle ressemblait à sa fille. Elle était plus vieille, plus dodue, plus laide, mais elle lui ressemblait. J'en fus aussitôt frappé.

Nous sommes tous anéantis. Elle est notre rayon de soleil, nous l'aimons tellement. Et nous espérons la retrouver bientôt... Alice, ma petite fille. Si jamais tu es là, quelque part, et que tu entends ceci, sache que...

Un objet se fracassa sur l'écran, à l'endroit exact où le visage de la femme était affiché. Je restai éberlué quelques secondes. Que venait-il de se passer? Je mis quelque temps avant de comprendre.

Un instant, j'écoutais ce que la femme disait, et l'instant d'après, *BANG*! l'écran était fracassé. Mais entre les deux, rien. Le vide.

Mes mains tremblaient. Un étrange sentiment de colère m'habitait. Et, petit à petit, les souvenirs me revenaient. Les paroles de la femme, qui voulait passer pour une victime. Ma main a alors empoigné mon bol de céréales. Une impulsion, une contraction musculaire, et voilà que le bol a volé en éclats et que la télévision s'est fissurée avant de virer au noir.

Toujours cette colère, cette frustration, cette haine. Ils la présentaient comme une enfant modèle. Et la mère se plaisait à jouer les femmes tristes et désespérées. Comment osait-elle ?

Envahi par la haine, je me levai et me mis à tourner en rond dans la cuisine, la tête entre les mains. Je perdais le contrôle, je perdais mon calme. Des souvenirs me revenaient, des images horribles, terrifiantes, que j'aurais voulu oublier à jamais. Sans même m'en apercevoir, je hurlais comme un dément et des larmes coulaient sur mes joues. Tous ces souvenirs, toutes ces pensées… C'était sa faute. Oui, sa faute à elle. Tout était sa faute. Et elle paierait.

J'étais maintenant immobile. Je reprenais le contrôle et je retrouvais mon calme. Oui, cette idée me rassurait. Elle paierait. Bientôt, très bientôt. Mais pas tout de suite. Et pas sans avoir souffert, pas sans avoir désespérément souhaité mourir.

12

Lentement, j'ai retrouvé mon calme. La colère a tranquillement diminué, mes mains ont cessé de trembler, et les souvenirs m'ont quitté. Mais la décision que j'avais prise, elle, n'était pas oubliée. Mon cœur était désormais empli d'un désir malsain; j'avais besoin de faire souffrir cette adolescente, de l'entendre pleurer, hurler, supplier.

Avec cette envie au cœur et cette haine en moi, j'ai cherché le meilleur moyen de la faire souffrir. Je voulais trouver une méthode à la fois lente et douloureuse. Je voulais qu'elle agonise. J'ai pensé à la faire mourir de faim, ou de froid, à la frapper, et à bien d'autres sévices physiques. Mais la meilleure idée me vint malgré moi. Dès que j'ouvrais mon ordinateur ou mon cellulaire, je revoyais immanquablement le même reportage en boucle, qui faisait entendre la mère de ma victime pleurer à chaudes larmes. Plus je l'entendais, plus ma mâchoire se crispait, plus mes poings se serraient. J'en avais assez de l'entendre se plaindre sans relâche. S'imaginait-elle qu'elle était la seule à souffrir? Qu'il n'y avait pas de plus grande souffrance que ce qu'elle vivait?

Puis, l'idée me frappa : si moi, je n'en pouvais plus de l'entendre, si c'était un calvaire, pour moi, je n'osais pas imaginer ce que ce serait pour elle que d'entendre sa mère l'interpeller en pleurant.

J'enregistrai donc une petite portion, une toute petite portion du reportage, et je descendis au sous-sol.

—Alice, ma petite fille.

Un sourire me fendait le visage. Je jubilais juste en imaginant sa réaction et en anticipant la suite. Et, je dois l'admettre, je ne fus pas déçu. Non, c'était même mieux que ce que j'aurais pu espérer.

—Maman?

Elle semblait si confuse, si perdue. On pouvait même entendre une pointe d'espoir dans sa voix.

C'était l'un des rares moments, durant cette période de ma vie, où j'ai ressenti un réel sentiment de bien-être. Sa douleur à elle atténuait la mienne.

13

Coupable. C'est le mot qu'on me répète, celui qui est sur toutes les lèvres dès qu'on parle de moi. Et ça ne me dérange pas. Je sais ce que les gens pensent, et moi, je connais toute l'histoire. Et vous avez raison.

Je suis coupable. Mais je ne suis pas le seul. Oh, ça non ! je ne suis pas le seul.

14

Je me souviens d'avoir passé parfois des heures et des heures au sous-sol, assis sur le sol froid, devant la porte, à écouter. Des heures entières, à écouter la même voix répéter les quatre mêmes mots, mais surtout, à être témoins des plaintes, de la détresse, du désespoir et de la panique de ma jeune victime.

Quelques fois, je pouvais passer la soirée entière assis là, bercé par ces voix, calme, détendu, serein. Mais malheureusement, j'avais l'humeur variable depuis quelque temps, soit depuis l'événement qui avait chamboulé ma vie. Ainsi, alors que je pouvais parfois me détendre une soirée entière grâce à cette musique à mes oreilles, il y avait des soirs où ça ne servait à rien. Malgré tous mes efforts, malgré la détresse profonde que je pouvais percevoir chez l'adolescente, je n'arrivais pas à m'abandonner et à me détendre. Il y avait de ces fois où les souvenirs étaient trop puissants, trop nets, trop… réels. Alors, mon désespoir était tel que je ne pouvais rien faire pour l'oublier.

Dans ces moments, je finissais généralement par monter très vite à l'étage, après avoir éteint l'enregistrement. Je me retrouvais ensuite invariablement sous la douche. Nu, sentant la morsure glacée de l'eau froide sur ma peau, je me recroquevillais sur moi-même et j'attendais que le froid m'engourdisse. Au début, en dépit du froid et de mes sensations qui devenaient de plus en plus amoindries, les souvenirs persistaient. Mais le froid, lent, patient, finissait toujours par faire son œuvre. Mes sens perdaient de leur acuité, mes pensées s'égaraient. Je n'arrivais plus à me concentrer sur quoi que ce soit, pas même sur mes souvenirs. Je donnais donc libre cours à mes émotions. Je pleurais, encore et encore, jusqu'à ce que j'aie épuisé toutes les larmes de mon corps et que je n'aie plus la force de pleurer.

Par la suite, je quittais la douche et m'assoyais sur le lit, face au miroir. À ce même moment, tandis que je voyais mes yeux rougis, mes épaules voutées, mon regard vide, mon visage sans émotion, je ne pouvais m'empêcher de me demander : «Qu'est-ce que tu fais ? Qu'est-ce que tu espères ? Qu'est-ce que tu attends ? Tu crois que c'est en pleurant que tu vas les ramener ? Et en enlevant cette gamine, tu t'imaginais quoi ? Redevenir heureux ? Retrouver ta femme, ta fille ? Retrouver la paix ?»

Ces pensées me tournaient sans cesse dans la tête, entrecoupées de souvenirs, toujours ces souvenirs. Alors je fermais la lumière, et je m'allongeais sur le lit pour contempler le plafond en ressassant ma solitude, ma détresse, mon désespoir. J'étais seul. J'avais tout perdu. Je n'étais plus moi-même, je n'étais plus rien.

Un soir, je me souviens, alors que j'étais au plus bas et que ces pensées me tourmentaient, je me suis mis à réfléchir à la gamine enfermée dans mon sous-sol. Je me suis questionné à savoir pourquoi j'avais fait ça, pourquoi je la gardais là, prisonnière, et pourquoi je la torturais. Pendant un instant, un bref instant, j'ai songé à descendre l'escalier, à ouvrir cette porte, et à la laisser partir. J'y ai vraiment songé. Et je l'aurais fait, je crois. Je l'aurais fait, si mon regard ne s'était pas posé sur la photo de ma famille, près de mon lit. Je l'aurais fait. Et alors, je l'aurais regretté. Je l'aurais fait, mais heureusement, j'ai repris mes esprits. Et je me suis endormi, une certitude au cœur. La fille resterait là.

15

Je me laisse aller dans le sentimentalisme. Je sais. Et je m'en excuse. Toutefois, je tiens à le spécifier… Je n'essaie pas de faire pitié. Je veux simplement relater les faits. Si vous devez me juger, vous faire une opinion de moi, il vous faut toutes les informations, connaître tous les faits. C'est à ce moment seulement que vous pourrez me juger convenablement.

Mais peu importe. Revenons-en à mon histoire. Je crois qu'il est temps, maintenant, d'approfondir un aspect que j'ai négligé jusqu'ici : les interventions policières. Malgré ce que l'on pourrait croire, les policiers ont fait du bon travail. Avec le peu d'informations qu'ils avaient, en tout cas.

C'était dans la première semaine suivant l'enlèvement, je crois. Un soir, j'étais chez moi. Je revenais tout juste de travailler. J'étais à la cuisine à regarder ce que je pourrais bien manger, lorsqu'on frappa à la porte. En me dirigeant vers celle-ci, je jetai un rapide coup d'œil par la fenêtre, et je vis ce que je redoutais depuis le jour J.

Une voiture de police, bien réelle, devant ma maison. Des policiers se tenaient devant ma porte et attendaient patiemment que je leur ouvre. Pourquoi ? Sans m'en apercevoir, je m'étais immobilisé, dos au mur, en m'efforçant d'être invisible aux regards. Pourquoi étaient-ils là ? Et, surtout, que faire ?

Je regardais autour de moi pour évaluer mes possibilités. J'étais assez près de la porte arrière, qui m'offrait une belle chance de m'enfuir. À deux détails près : je devais passer devant la porte d'entrée, et donc, les policiers ne manqueraient pas d'apercevoir ma silhouette à travers la vitre. En plus, une fois dans la cour arrière, les risques étaient élevés. Je pouvais soit fuir en passant par le terrain des voisins, mais ce faisant, je ne passerais certainement pas inaperçu, soit passer par l'avant de ma maison. Mauvaise idée.

Donc, j'avais deux options : répondre, ou me cacher. Aller ouvrir la porte, ou attendre et espérer qu'ils partent. Ce qui me ramenait à cette question bien simple : pourquoi étaient-ils là ?

Pouvaient-ils déjà avoir remonté jusqu'à moi ? Avais-je pu être si peu discret que l'on m'avait déjà identifié ? Mais comment serait-ce possible ? J'avais pris la peine d'attendre que la rue soit déserte, j'avais caché mon visage, j'avais détruit tous les vêtements que je portais et fait disparaître la bouteille de chloroforme. Alors, comment auraient-ils pu me trouver aussi rapidement ? Peut-être que mes voisins avaient entendu la gamine ? Pouvaient-ils avoir entendu ses cris et appelé la police, qui venait faire une petite vérification ? Ce serait tout de même assez surprenant, non ? Car mes voisins n'étaient pas si près de chez moi, et l'ado ne criait pas si fort. Pas au point d'alerter qui que ce soit, en tout cas. Se pouvait-il, alors, que ces policiers n'effectuaient qu'une simple visite de routine, pour savoir si j'avais vu ou entendu quelque chose ? C'était possible, après tout. C'était même le plus probable, en fait.

Je me remis enfin à respirer, légèrement rassuré. Ma situation n'était peut-être pas si désespérée, finalement. Je n'avais qu'à agir normalement, à être naturel, calme, et tout irait bien. Du moins, c'est ce dont j'essayais de me convaincre.

La sonnette se fit entendre. Ils s'impatientaient. Je devais y aller. Me calmer, respirer un grand coup, me détendre, coller un sourire sur mon visage, essuyer mes mains moites, et ouvrir. Rapidement, je me trouvai devant la porte, que j'ouvris, un sourire aux lèvres.

—Bonjour.

—Bonjour. Ariane Lemieux, de la Sûreté du Québec, et voici mon collègue, Philippe Vaillancourt. Nous aimerions vous poser quelques questions en lien avec la disparition de la jeune Alice Desbiens.

La femme était assez petite, et pas trop imposante. Mais l'homme, lui, était une véritable armoire à glace. Grand, très grand, et costaud. Dans leurs uniformes, je dois avouer qu'ils étaient assez intimidants. Face à ces deux figures d'autorité, j'ai senti mon courage se rabougrir lentement et laisser tout l'espace à la nervosité. Ils savaient. J'en étais certain. Je le voyais dans leurs regards. Mais je devais agir normalement, coûte que coûte.

—Bien sûr. Entrez, et assoyez-vous.

En disant cela, je me dirigeais vers la salle à manger, avant de leur désigner deux chaises et de m'asseoir moi-même, face à eux. La femme s'installa devant moi, sur une chaise, mais l'homme préféra rester debout.

—Vous avez sûrement vu, à la télévision, qu'Alice Desbiens est portée disparue depuis mardi dernier ?

—Oui, évidemment. Qui ne le sait pas ? Une bien triste nouvelle.

—Vous la connaissiez ?

Merde. Que devais-je faire ? Dire la vérité ? Mentir ? Maquiller un peu la vérité, ne pas tout dire ?

—Oui. En fait, pas vraiment. Non. Je la connaissais de vue. De réputation, aussi.

—Que voulez-vous dire ?

—Je suis enseignant. À l'école secondaire. Professeur de chimie, pour être exact. Alors je l'ai déjà croisée à l'école, forcément. Et j'entends des histoires, des rumeurs; les professeurs se parlent, vous savez.

—Je vois. Alors vous ne lui avez jamais parlé ?

—Hmm... Non. Je ne crois pas.

Les sourcils froncés, la femme griffonnait des notes dans un petit calepin. L'homme, quant à lui, s'était tranquillement mis à déambuler au rez-de-chaussée, passant de la salle à manger à la cuisine, puis au salon. Il marcha devant la salle de bain et alla vers l'escalier.

Assis sur ma chaise, mes doigts pianotaient frénétiquement sur ma jambe. J'attendais la suite avec appréhension. L'homme cherchait-il Alice ? Croyait-il qu'elle était quelque part chez moi ? Et si elle décidait de crier et qu'il l'entendait ?

—Si je ne me trompe pas, elle passait devant votre maison tous les soirs, en revenant de l'école, non ?

Là, c'était certain, j'étais cuit. Cette femme savait. Elle s'amusait seulement à me faire peur, à me faire paniquer. Elle attendait que j'avoue.

—C'est possible, oui. Quand je travaille, je ne suis pas toujours rentré à cette heure-là. Et quand je suis ici, eh bien, ça dépend. Je ne passe pas mes journées assis près de la fenêtre, à regarder les passants.

—Et mardi dernier, l'avez-vous vue passer ?

Je fis semblant de réfléchir un peu, histoire d'avoir l'air crédible. Bien sûr que je l'avais vue, je l'avais enlevée ! Même qu'elle était dans mon sous-sol. Mais je devais rester calme.

—Non, je ne crois pas. Je n'en ai pas souvenir.

Encore un silence durant lequel la policière notait mes réponses.

—Et vous n'avez rien remarqué d'inhabituel ? Une voiture inconnue, suspecte ? Un homme que vous n'aviez jamais vu ?

—Non plus, désolé.

La femme me remercia, puis son confrère et elle se dirigèrent vers la porte. Ils en avaient fini avec moi. Du moins, pour le moment.

—Si jamais quelque chose vous revient, quoi que ce soit, faites-nous signe, me pria l'agente en me tendant une carte.

—Je n'y manquerai pas. Bonne chance dans votre enquête. J'espère vraiment qu'on la retrouvera.

Tais-toi, m'étais-je alors dit. C'était trop. J'exagérais. Je souris, encore une fois, en les regardant s'éloigner. J'allais fermer la porte, lorsque l'armoire à glace, avec sa voix aussi grave qu'imposante, me dit :

—C'est une grande maison pour un homme seul. Vous n'avez pas d'enfants ?

Ouch. Il visait juste; il frappait où ça faisait le plus mal.

—Ma femme m'a quitté. Ma fille aussi. Depuis un peu moins d'un an.

Il se tut, avec une certaine tristesse dans le regard. Il semblait désolé. Je fermai la porte, question de dissimuler les larmes qui naissaient aux coins de mes yeux.

16

Assis dans le salon, j'avais la carte de la policière dans les mains. Je la fixais, inquiet, effrayé, terrorisé par tout ce que ce bout de carton impliquait. Ils cherchaient Alice, ils tentaient de la retrouver, ainsi que son ravisseur. Moi. Ils me cherchaient, moi.

Mais ils ne m'avaient pas trouvé, encore. Apparemment, ils n'avaient aucune piste sérieuse. Ils ne semblaient même pas savoir si l'adolescente avait été enlevée avant ou après être passée devant chez moi. Pas de suspects potentiels non plus. C'était bon pour moi, et je le savais.

Toutefois, l'homme paraissait suspicieux. Il s'intéressait un peu trop à ma maison et à mon passé. Et ça, c'est ce que les enquêteurs ne devaient surtout pas faire. Ils ne devaient pas creuser mon passé, ils ne devaient pas investiguer. Ce serait mauvais pour moi. Très mauvais, même. S'ils savaient, s'ils découvraient le lien qui unissait mon passé à celui de cette jeune adolescente, je serais cuit. Ils reviendraient, ils sauraient que j'avais menti, et ils m'arrêteraient aussitôt, sans autre forme de procès.

Alors, quoi? Que devais-je faire? Que pouvais-je faire? Attendre, tout simplement? Espérer qu'ils n'enquêteraient pas davantage sur mon passé et qu'ils ne découvriraient pas mon secret?

Sinon, quoi? Me débarrasser de la fille? La question, c'était surtout comment je m'en débarrasserais. J'y réfléchissais ardemment et je constatais que mes options étaient limitées.

Première option : je la tuais en m'assurant de ne laisser aucune trace d'elle dans ma maison. Ensuite, je le déposais quelque part : dans les bois, sur une route loin d'ici ou dans une rivière, en m'assurant encore une fois de ne faire aucune erreur qui pourrait permettre de remonter jusqu'à moi. Et j'espérais. J'espérais qu'on ne ferait aucun lien entre elle et moi, que si on retrouvait son corps, je n'aurais laissé aucune trace. Risqué, difficile, mais faisable.

Seconde option : je la libérais. Je l'assommais, je l'emmenais loin, très loin, et je la déposais sur un banc de parc, le plus loin possible d'ici. Le risque, c'était qu'elle m'ait vu. Qu'elle m'ait observé lors d'une de mes visites nocturnes, ou quand je l'ai enlevée. Qu'elle se souvienne d'un détail, un tout petit détail qui pourrait sembler anodin, mais qui me trahirait. Ou pire, qu'elle se réveille durant le trajet. Alors, j'étais foutu, et je revenais à l'option A. Trop risqué.

Troisième option : je me rendais en espérant que les policiers se montreraient cléments. Mais je passerais plusieurs années en prison et j'en ressortirais pas plus satisfait que je ne l'étais avant l'enlèvement. Non.

Quatrième et dernière option : j'attendais, le temps de réfléchir. J'attendais et je profitais du délai qui m'était alloué avant de me faire prendre. Beaucoup de zones d'ombres, peu de contrôle entre mes mains, mais peu de risques. Pour le moment.

Quel était le meilleur choix ?

Je marchais dans le salon en décrivant des cercles rapides avec mes pas. J'étais en sueur. Je devais agir, je devais prendre une décision, et rapidement. Me fixer, et foncer. Passer à l'action. La tuer ? Elle ne méritait que ça, après tout. Attendre ? Prolonger sa souffrance en attendant de voir les développements de l'affaire ? Je ne savais que faire, je ne savais quoi choisir.

Et tout ça, à cause d'elle. Tout était sa faute. Tout. C'était elle qui avait détruit ma famille et qui m'avait poussé à l'enlever. Elle, qui me poussait maintenant à faire un choix. Elle. Encore et toujours. Elle. La cause de tous mes problèmes. Et elle était au sous-sol. À ma disposition. À ma portée.

Je m'étais immobilisé. Mon choix s'était arrêté. Je me dirigeai vers la cuisine, certain que j'avais pris la bonne décision. Je pris mon couteau le plus gros, le plus affilé, et je descendis au sous-sol. Au passage, je jetai un coup d'œil à l'horloge : dix heures vingt-cinq. Déjà ? J'avais donc passé tout ce temps à réfléchir au salon ? Mon ventre gargouillait. Peu m'importait. Je mangerais plus tard.

Je descendis les marches de l'escalier quatre à quatre, ouvrit la porte sans remarquer qu'elle n'était pas verrouillée, et en moins de deux j'étais debout devant elle. Je la surplombais. Elle était allongée sur le matelas, paisiblement endormie. Elle semblait calme, sereine, et heureuse. Et à ce moment, j'eus l'impression d'être face à ma propre fille. Je voyais mon enfant, recroquevillée sur elle-même, endormie.

Ma main tremblait tellement je serrais le couteau. Ma tête me poussait à frapper de toutes mes forces, Mais mon cœur me l'interdisait. Il devait y avoir un autre moyen, une autre option.

Non, je devais la tuer, je devais en finir. Elle le méritait. *Mais si c'était ta fille ? Si c'était elle, sous la lame du couteau ? Ne voudrais-tu pas qu'on ait pitié d'elle ?* Non. Elle, elle n'avait pas eu pitié de ma fille. Elle méritait son sort. C'était sa faute.

Non.
J’abaissai le couteau. J’étais faible. J’en étais incapable.

17

À la suite de cette scène, je me souviens le bouillonnement d'émotions qui me tiraillaient. J'étais survolté. Je me souviens avoir quitté la pièce, être monté à l'étage, et être sorti dehors. J'avais besoin d'air. Je devais reprendre mes esprits, m'éclaircir les idées.

Mettez-vous à ma place quelques instants. Réfléchissez un peu aux émotions qui me traversaient; j'étais terrifié en pensant que j'avais failli commettre un meurtre, mais j'étais aussi honteux de ne pas y être parvenu. Je devais le faire pour espérer me sauver, pour m'éviter la prison. J'étais triste, car je ne cessais de songer à ma fille, et en même temps, j'étais furieux contre cette adolescente qui était la source de tous mes problèmes. Je doutais de tout. De mon choix de la tuer, de mon choix d'avoir enlevé cette adolescente, de mon choix de ne rien dire à la police. J'étais à la fois excité par ce défi, par la situation, et horrifié à l'idée de me faire prendre.

Toutes ces émotions qui s'entrechoquaient en moi, tout ce flot incessant de pensées, de questionnements, d'hésitations, de doutes, de peurs, d'émotions, monopolisaient mon énergie. Je ne pouvais penser à autre chose.

J'étais perdu en moi-même. Toute mon attention se portait sur mes pensées et mes émotions. J'étais tellement absorbé, que je n'avais plus conscience de ce qui se passait autour de moi. Combien de temps cette transe a-t-elle pu durer ? Pas la moindre idée. Tout ce que je sais, c'est qu'à un moment, je suis revenu à la conscience. J'étais debout, immobile dans la rue, alors que le vent me fouettait en plein visage et que la pluie me martelait la peau. Mes cheveux et mes vêtements ruisselaient, et j'étais transi de froid.

C'est le froid qui m'avait tiré de ma torpeur. L'eau, le vent, l'air frais de la nuit, les tremblements qui envahissaient tout mon corps… peu à peu, les sensations me revenaient, je prenais conscience de ce qui m'entourait. Je sentais le sol sous mes pieds, je voyais la rue sombre. Droit devant moi, l'église, imposante et majestueuse, me dominant de toute sa taille. Un sentiment étrange m'habitait. Que faisais-je devant cette église ? Pourquoi m'être arrêté à cet endroit précis ?

Je n'y avais pas remis les pieds depuis longtemps déjà. Depuis une année entière. Depuis… Peu importe. Je n'y allais plus. Je ne croyais plus à rien, je ne tirais plus aucun réconfort dans la religion, aucun intérêt pour la prière. J'avais perdu la foi, une année plus tôt.

Mais ce soir-là, j'étais debout, immobile devant cette église. Sans le savoir, sans réfléchir, inconsciemment, je m'étais dirigé d'un pas assuré vers l'édifice. Et, lui faisant face pour la première fois depuis longtemps, je ressentais, sinon l'envie, la tentation ou l'obligation d'y entrer. Une attirance étrange me poussait à avancer, à entrer, et à... À quoi ? Prier ? Implorer le pardon ? L'absolution ? Sérieusement ? Où avais-je donc la tête ?

Malgré ces pensées, cette colère et cette frustration, j'avançais. À pas lents, contrôlés, je m'approchais de la vieille bâtisse. J'étais maintenant debout face à l'immense porte de cette imposante pièce d'architecture; au pied de ce symbole de croyance, de spiritualité, je me sentais intimidé.

Avant, j'aurais été impressionné, pour ne pas dire émerveillé et épaté. J'avais toujours aimé l'architecture des églises. Leurs immenses vitraux, le clocher, les centaines de bancs, l'autel, les statues, les lumières, l'orgue... Oui, l'orgue m'avait toujours émerveillé. Entendre la douce et enveloppante musique que cet instrument produit, la sentir parcourir la pièce, prendre de l'ampleur dans le dôme de l'église, aller se répercuter sur chaque statue et s'amplifier dans chaque rayon de lumière.

Mais ce jour-là, ou plutôt cette nuit-là, je ne me sentais qu'intimidé. Par la masse de cet édifice, par le Dieu qu'il représentait. Au fond de moi, au plus profond de mon âme, j'étais terrifié. Mais j'étais en même temps attiré, je sentais que je devais ouvrir la porte et entrer. Peut-être, par cette seule action, serais-je sauvé ? Ma main tenait la poignée. J'ai tiré.

Elle était verrouillée. Nous n'étions pas dans un film; le pardon, la salvation, ce n'est pas aussi simple. Il était tard. Presque minuit. Les portes étaient évidemment closes. Parce que seuls les criminels déambulent dans les rues la nuit, n'est-ce pas ?

Les portes étaient donc closes. Était-ce un signe ? Un message ? On me refusait l'entrée dans ce lieu saint, symbole de piété, de bonté et de pureté ? Était-ce parce qu'Il n'acceptait pas mes actes, qu'Il ne voulait pas les cautionner ? Peut-être. Mais je n'en avais rien à faire. Tous les jours, des gens meurent. Tous les jours des gens mentent, volent, violent, frappent, tuent, assassinent, détruisent et exterminent. Et Il ne fait rien. Il regarde, et attend avec indifférence.

Pourquoi ? Soit parce qu'Il n'est pas mieux que nous tous, soit parce qu'Il n'existe pas. Parce qu'Il n'est qu'une illusion, un mensonge que l'on a inventé pour pousser les enfants à être sages et gentils. Un symbole pour maintenir les idiots dans le droit chemin, pour qu'ils entrent dans le moule. Sinon, comment expliquer qu'Il laisse les hommes commettre des crimes ? Comment expliquer qu'Il ait abandonné ma fille, qu'Il n'ait rien fait ? Comment expliquer qu'il y ait une gamine dans mon sous-sol, seule, abandonnée, et que moi je sois là, libre, à l'insulter ouvertement ?

Il n'existe pas, je vous dis. En tout cas, c'était la certitude que j'avais ce soir-là, seul dans la nuit, debout devant toute son Église à le défier du regard.

18

Lorsque je repense à cette nuit, à cette scène étrange, j'ai l'impression que ce n'était qu'un rêve. Et pourtant, l'émotion que ce souvenir fait naître en moi ne peut être le résultat d'un rêve. Ça ne peut être que bien réel.

Cette haine contre la religion, contre l'Église en entier, je ne l'ai pas toujours ressentie. Avant, j'étais plutôt du genre à ne pas trop réfléchir. J'avançais dans la vie, sans trop me questionner sur les principes de l'univers, sans trop chercher à savoir si nous sommes seuls dans ce monde, si quelqu'un surveille tout ce chaos qu'est la vie pour l'orchestrer calmement. Existe-t-il un Dieu? Qui est-Il? Que fait-Il? Je n'en avais rien à foutre.

Certains jours, je me plaisais à croire au paradis, pour m'éviter d'angoisser avec la fin, avec la mort et ce qui s'ensuit. Le reste du temps, je n'y pensais pas. J'étais jeune, ma femme et ma fille aussi. Alors, pourquoi s'inquiéter à ce sujet maintenant?

Puis les événements se sont enchaînés. La vie a fait ce qu'elle sait faire de mieux : désenchanter, désillusionner, déstabiliser.

Un jour, je me suis retrouvé debout dans cette église que je haïs aujourd'hui et que j'ignorais effrontément avant, vêtu de mes plus beaux habits. J'étais là à ressasser des idées sombres, sans savoir quoi penser du monde et de la vie. Je tentais d'oublier les images qui m'assaillaient dès que je fermais les yeux; je sentais toute ma tristesse remonter à ma gorge, prête à s'échapper.

C'est ce jour-là, dans cette église, que j'ai compris... Il n'y a pas de paradis, pas de Dieu. Tout ça n'est qu'illusion, de la poudre aux yeux pour les petits moutons de la société qui ne peuvent pas affronter cette triste vérité : nous vivons dans l'inconnu, nous n'avons aucun contrôle, et tout n'est que le résultat du hasard et du chaos.

Pire encore. Il n'y a pas de Bien et de Mal; il n'y a que les forts et les faibles. Les puissants et les victimes. La seule loi de l'univers consiste en un principe bien simple : manger ou être mangé. Arrêtez d'être gentils, de penser aux autres. Nul ne vous rendra la pareille. Le monde est cruel, les gens sont égoïstes. C'est quelque chose que j'ai appris à mes dépens. Et ça m'a coûté cher. Très cher. *Trop* cher.

J'étais à l'église, ce jour-là. Un prêtre nous ressassait ses principes vieux comme le monde et qui ont mal vieilli : aime ton prochain comme toi-même. Demande et tu recevras. Mais je n'écoutais pas.

J'avais arrêté au bout de quelques instants, après avoir constaté l'absurdité de ses propos.

Demande et tu recevras. Avais-je demandé ce qui m'arrivait ? Non. Et ma fille, elle ? Non plus. Alors pourquoi ? Qu'avais-je fait, qu'avait-elle fait, pour mériter un tel sort ? C'était totalement injuste. Comment pouvoir croire en un dieu si insensible, cruel et sans pitié ? Comment accepter qu'il y ait un être supérieur qui tire les ficelles, un être gentil, bon, qui accepte de prendre la vie d'une gamine, d'une simple adolescente de 15 ans, sans raison ?

J'étais révolté, offusqué. Hors de moi. À un moment, j'ai failli quitter l'église en plein cœur de la cérémonie. Je sentais un hurlement remonter lentement le long de ma gorge. Mais ce hurlement et cette rage ne voulaient pas sortir, ne pouvaient pas s'échapper. Je ne pouvais pas faire ça. Pas à ma fille. Pas le jour de son enterrement.

Ce jour-là, alors que je regardais une dernière fois le cercueil de mon enfant, je me suis juré que jamais plus je ne retournerais dans une église.

19

Je m'égare, encore. Désolé, je ne crois pas que vous lisiez ce que j'écris pour connaître ma vision du monde. Non, évidemment. Vous lisez pour savoir ce qui arrive à la gamine. Vous voulez savoir pourquoi j'ai commis ce crime, et par quel enchaînement de circonstances je me suis retrouvé assis dans cette cellule, à écrire mes mémoires.

Je crois qu'il est maintenant temps de vous éclairer sur un sujet. Ma fille. Que lui est-il arrivé ? Vous devez commencer à vous en douter. Dans les dernières pages que j'ai écrites, j'ai laissé échapper une information ou deux. Peu importe. Reprenons cette partie de l'histoire du début.

C'était une journée comme les autres. Après mon travail, j'étais revenu à la maison. Il devait être un peu moins de cinq heures. J'avais garé la voiture dans l'entrée, puis mes pieds avaient flotté sur les deux petites marches qui me séparaient de la porte de la maison. J'ai tourné la poignée, et poussé la porte. J'étais heureux. Fatigué et exténué de ma journée, mais heureux, car j'étais maintenant à la maison. J'avais le reste de ma soirée à consacrer à ma femme, à ma fille, et qui sait, peut-être aurais-je même un peu de temps pour moi-même.

J'étais maintenant dans la maison. La porte d'entrée se refermait derrière moi, alors que je retirais mes chaussures. Il faisait sombre, et il régnait un silence absolu, lourd. La maison m'avait alors semblé triste. Vide.

— Gabrielle ?

Aucune réponse. Encore et toujours ce même silence pesant et épais.

— Gabrielle ?

Elle devait être en train d'écouter de la musique dans sa chambre, comme elle en avait l'habitude à cette période. Sans m'inquiéter outre mesure, je me suis dirigé dans la cuisine, histoire de grignoter un petit quelque chose, juste avant de préparer le souper.

Je mangeais un biscuit lorsque j'ai aperçu une enveloppe sur la table de la cuisine. Une petite enveloppe blanche, qui détonait étrangement avec le noir de la table. Je me suis approché lentement, curieux, tout en grignotant mon biscuit.

Or, j'ai vite fait de le lâcher pour me précipiter vers la chambre de ma fille. Sur l'enveloppe, il était écrit trois mots bien simples :

Papa et maman.

D'une écriture fine, délicate. Celle de Gabrielle. Ma petite fille. Sans trop pouvoir m'expliquer pourquoi, j'avais compris, sans avoir eu besoin d'ouvrir l'enveloppe, sans avoir pris la peine de regarder ce qu'il y avait à l'intérieur. Pour l'heure, il m'était inutile de perdre ce temps. Je me doutais de ce qui se passait. Je le sentais.

J'étais maintenant debout dans sa chambre, complètement vide. Elle n'était pas là. Elle n'écoutait pas sa musique et elle n'étudiait pas. Alors, j'ai eu une intuition. Une sorte de pressentiment. Je savais où elle était. Je le sentais. Lentement, difficilement, comme si une partie de moi voulait y aller, et qu'une autre avait peur, persuadée qu'elle n'aimerait pas ce qu'elle verrait.

Mais je n'avais pas le choix. Je devrais m'y rendre à un moment ou à un autre. Alors, je me suis mis à avancer, le pas lourd. À chaque pas, j'avais l'impression de traîner un boulet avec moi. Sauf que ce boulet n'était pas attaché à mon pied. C'était plutôt mon cœur qui se durcissait, qui s'alourdissait lentement, alors que la triste vérité cheminait en moi.

J'ai atteint sans trop m'en apercevoir la salle de bain. La porte était close, mais pas verrouillée. Je l'ai ouverte, mais je n'ai pas eu tout de suite la force d'avancer. Après un certain temps, j'ai réussi à faire un pas, puis deux. Et là, j'ai vu ma fille, dans la baignoire, complètement habillée et endormie, dans une eau d'un rouge vif.

C'était comme si mon cerveau ne comprenait pas ce qu'il avait sous les yeux. Je la voyais, je savais que quelque chose n'était pas normal, mais je n'arrivais pas à me l'avouer. Je voyais ma fille, le visage calme et serein. En paix. Je n'ai pu m'empêcher de la trouver magnifique.

20

Je suis resté là, debout devant la baignoire, durant les trente secondes les plus interminables que j'ai vécues. Trente secondes atroces, peuplées de noirceur, de douleur, de terreur. Puis je me suis précipité sur ma fille. Je l'ai prise dans mes bras, je l'ai secouée. J'ai tenté de la réveiller, d'empêcher le sang de couler, de retenir la vie qui s'échappait par les deux longues entailles qu'elle s'était faites aux poignets. Mais ce fut inutile.

J'ai pleuré. J'ai pleuré à chaudes larmes alors que je sentais une douleur effroyable me traverser la poitrine. Je sentais une tristesse, un désespoir, mais surtout une effrayante haine me transpercer comme autant de poignards. Les larmes coulaient les unes après les autres, en un flot continu. Mais ma douleur n'en était pas amoindrie.

J'ai pleuré encore. Toute la soirée. Et probablement toute la nuit, même. Je ne me souviens de rien, à dire vrai. Je n'ai pas le souvenir d'avoir vu ma femme revenir de travailler. Je ne me souviens pas d'avoir appelé la police ou d'avoir vu quelqu'un partir avec le corps inerte de ma fille. Je n'ai aucun souvenir que quelqu'un ait nettoyé la baignoire.

Je me souviens toutefois m'être réveillé le lendemain, convaincu, durant une minute, que ce n'avait été qu'un simple rêve. Puis j'ai vu le sang séché sur mes mains et sur mes vêtements. Je me suis remis à pleurer.

Au bout d'un temps, les larmes ont séché. La tristesse a disparu. Pas complètement. Non, elle n'est jamais vraiment partie. Mais elle a diminué. Je m'y suis habitué. J'ai appris à la contenir, à l'oublier. Il me restait alors le désespoir, la haine, et la culpabilité. Les questions. L'incompréhension.

Pourquoi avait-elle fait ça ? Comment avais-je pu ne rien remarquer ? Comment ma petite fille avait-elle pu vivre autant de désespoir et en arriver à commettre un acte aussi terrible, sans que je ne voie rien ? Comment avais-je pu être aussi aveugle ? Pourquoi ne m'avait-elle rien dit ? Pourquoi n'en avait-elle jamais parlé ?

Et après vinrent les *et si*. Ces satanés *et si*. Si j'étais revenu plus tôt ? Si je n'avais pas passé une heure à corriger des examens avant de revenir à la maison ? Si je ne l'avais pas disputée, la veille ? Si j'avais été un meilleur père ? Un père plus aimant, plus présent ? Si j'avais été plus à l'écoute ? Si j'avais remarqué les signes ? Si…

S'ensuivit la résignation. Elle était morte. Partie. Elle ne reviendrait jamais. Je l'avais perdue.

J'en fus brisé. Détruit en mille petits éclats éparpillés un peu partout dans la maison.

21

Je pourrais vous parler des jours et des mois qui ont suivi durant des heures et des heures. Je pourrais vous relater en long et en large comment je me suis senti, comment j'ai réagi. Je pourrais ensuite m'éterniser sur la réaction de ma femme. Mais je ne crois pas que cela puisse être nécessaire. Je vais donc vous résumer brièvement la suite de l'histoire et ensuite, on pourra revenir à la situation actuelle.

J'avais trouvé le cadavre de ma petite fille baignant dans son sang. Ma petite fille, âgée de seulement quinze ans. Morte. Comment ? Pourquoi ? Qui était le coupable ?

Voilà les questions que je me posais. Comment ? La réponse était simple. Je la connaissais. J'avais vu la scène. Pourquoi ? Là, c'était autre chose. Elle n'en parlait pas vraiment dans la lettre qu'elle nous avait laissée. Et pour ce qui était du coupable, j'avais un pressentiment. Si je trouvais la cause de sa… de son… Si j'en trouvais la cause, j'identifierais le coupable du même coup.

Vous savez, face à des situations aussi troublantes et traumatisantes que celle-ci, personne ne réagit de la même manière. Existe-t-il une meilleure façon de réagir, une réaction meilleure qu'une autre ? Je ne crois pas. Mais le fait est que ma réaction, ma façon à moi de m'en sortir et de ne pas perdre complètement les pédales, c'était ça. Trouver le coupable, comprendre. Et obtenir justice. Alors que ma femme, elle, voulait pleurer et aller de l'avant. Passer à autre chose. Je ne dirais pas oublier, mais plutôt ne pas trop y penser.

C'est ce qui a causé nos différends. Nous n'avions pas la même réaction. En fait, elles étaient légèrement… incompatibles. J'ai passé les jours, les semaines et les mois qui ont suivi à enquêter. J'ai parlé aux amis de ma fille, à ses enseignants, ainsi qu'au directeur et au psychologue de l'école. À tous ceux, finalement, qui auraient pu voir ou entendre quelque chose.

Après quelque temps, j'avais réussi à monter un dossier complet sur la mort de ma fille. Je savais ce que la direction de l'école savait, ce qu'elle avait fait, ce qu'elle n'avait pas fait, ce qu'elle aurait dû faire; je savais qui, précisément, avait harcelé ma fille. Qui l'avait insultée et dénigrée. Qui, depuis quand, comment, et pourquoi.

Mais une fois toutes ces informations recueillies, je me retrouvai face à un mur; j'avais perdu ma fille, elle était morte. J'avais perdu ma femme, qui m'avait quitté environ un mois après la mort de Gabrielle.

Je n'avais que ce dossier, cet épais dossier contre l'école. Mais que faire, maintenant ? Je connaissais les coupables, je savais qui haïr, qui blâmer. Mais à quoi bon ? J'aurais pu les poursuivre, mêler les médias à l'histoire et espérer gagner. Mais à quel prix ?

La direction de l'école tenterait de me discréditer. Non seulement moi, mais ma fille, aussi. Tous ces témoignages étaient-ils fiables ? demanderait-on. Comment s'attendre à ce que le personnel de l'école remarque quelque chose si le propre père de l'adolescente n'a pu le faire ? La défunte était-elle complètement innocente, ou avait-elle sa part de culpabilité ?

Non, je ne voulais pas que les médias prennent cette histoire d'assaut, je ne voulais pas risquer de ternir la mémoire de ma fille. Alors, j'ai rangé le dossier dans la garde-robe de ma chambre, là où les souliers de ma femme étaient auparavant classés, et j'ai réfléchi.

Je n'avais plus d'emploi stable. La direction de l'école m'avait poliment montré la porte après avoir été informée que j'enquêtais pour tenter de démontrer ses manquements. Je faisais quelques remplacements par-ci par-là, quand l'occasion se présentait, ainsi que l'aide aux devoirs à domicile lorsqu'on me le demandait. Le reste du temps, j'étais assis chez moi à regarder par la fenêtre et à attendre.

Qu'est-ce que j'attendais ? Difficile à dire. Le retour de ma fille, peut-être ? Une petite partie de moi l'a toujours espéré. Cette partie de moi continuait de croire que tout ça n'était qu'un mauvais rêve, que je me réveillerais un jour, et que ma fille serait toujours vivante. Cette partie de moi n'acceptera jamais complètement la vérité. Peut-être est-ce que j'attendais aussi un peu, sans vouloir me l'admettre, le retour de ma femme. Ou alors était-ce simplement l'oubli, ou mieux encore, la mort, que j'attendais patiemment chaque jour qui passait, assis sur ma vieille chaise berçante.

Je n'en sais rien. Mais toujours est-il que j'ai passé des heures et des heures à regarder par la même fenêtre, chaque jour, à observer la même rue, avec sensiblement les mêmes voitures qui y circulaient. Et la même adolescente passait chaque jour devant chez moi, matin et soir, aux mêmes heures, au même rythme. Sans exception.

Alice.

Et vous connaissez la suite.

22

Un jour, alors que j'étais assis près de la fenêtre à ressasser les mêmes pensées, le regard perdu dans le vide, un bruit sec me ramena dans le présent. Qu'est-ce que c'était ? D'où ça provenait ?

TOC-TOC-TOC…

On frappait à la porte. Merde ! Qui ça pouvait bien être ? Depuis déjà plusieurs mois, je m'étais coupé du monde; je ne parlais plus à mes amis, ma femme était partie, ma fille… Vous voyez ce que je veux dire ? Qui pouvait donc venir frapper à ma porte en plein après-midi ?

TOC-TOC-TOC…

Les coups se faisaient plus insistants, plus forts, plus rapides. Je bondis de mon fauteuil et allai jeter un coup d'œil par la fenêtre. Un inconfort indicible m'envahit.

C'est à ce moment, je crois, que je pris conscience que je ne contrôlais plus rien. Un peu comme si j'étais au volant de ma voiture en pleine tempête. Je conduis prudemment, je pense à tout; je roule lentement, j'observe autour de moi. Tout va bien. Puis, en une fraction de seconde, tout bascule. Je roule sur de la glace. J'ai beau tourner le volant à gauche, à droite... Rien. Le derrière de la voiture prend de la vitesse et elle oblique vers le fossé. Je donne un brusque coup de volant pour redresser l'auto et… malheur ! Ça ne fait qu'aggraver la situation. Je zigzague sur la chaussée, et je sais, je sens, que je n'ai plus rien à faire. Je n'ai plus qu'à attendre que la voiture choisisse : rester sur la chaussée, ou se précipiter dans le fossé.

J'en étais à ce point. Ma voiture roulait sur de la glace, et je n'avais plus aucun contrôle sur les événements. Mais à ce moment, j'avais encore les deux mains sur le volant et j'osais croire que je pouvais reprendre le contrôle de la voiture. Mais j'avais tort.

Mes mains tremblaient, j'étais secoué de frissons incontrôlables, mais pourtant, je suais à grosses gouttes. Je ne tenais plus en place. Je regardais par la fenêtre, les yeux fixés sur la personne qui frappait à ma porte. Non. J'*observais* la personne qui piétinait devant ma porte, le poing tendu et hésitant. Mon esprit n'avait même plus la force de réfléchir ou de se débattre pour trouver une solution. J'étais paralysé.

Je sentais un débat faire rage en moi; deux idées, complètement opposées, s'affrontaient sans merci pour établir la marche à suivre dans les circonstances. Et étrangement, j'avais l'impression de n'agir qu'à titre de spectateur dans ce débat. J'étais trop estomaqué, trop abasourdi pour avoir mon mot à dire.

Fuir, prendre mes jambes à mon cou, ou, au contraire, reprendre le contrôle ? Suivre mon instinct de survie, donner un brusque coup de volant pour m'éloigner le plus vite possible du fossé, ou alors agir froidement, appuyer sur l'accélérateur, m'avancer encore plus vers le fossé, et espérer reprendre le contrôle de justesse ? Donner un coup de volant, et perdre totalement le contrôle ? Zigzaguer sur la chaussée et espérer, ou agir froidement et appuyer sur l'accélérateur ? Entrer dans le jeu, et reprendre le contrôle de justesse ?

Mon instinct me poussait à me cacher, et peut-être même à m'enfuir par la porte arrière. Mais ma tête, elle, me poussait à rester, à ouvrir la porte, et à prendre le taureau par les cornes.

Lentement, mes pieds se mirent en mouvements, sans que je le décide. Une décision avait été prise. Le débat était terminé. Mais je n'avais aucune idée de ce qu'était cette décision; je me laissais guider. Je n'étais plus au volant. Quelqu'un avait pris les rênes. Ne restait plus qu'à savoir qui : ma raison, ou mon instinct.

23

Ma main se resserra sur la poignée. Elle eut une brève hésitation, signe que j'avais encore une influence, légère, mais tout de même présente, sur mon corps. Mais ma main finit par se ressaisir, tourna la poignée, et ouvrit la porte.

Je me retrouvai alors face à face avec une femme, petite, les traits tirés, les yeux aussi creux que ses joues, les cheveux sales et décoiffés. Je reconnus aussitôt ces *symptômes*. Le désespoir, l'incompréhension, le deuil.

J'avais devant moi la mère d'Alice. La mère de la gamine qui dépérissait dans mon sous-sol était debout devant moi, les yeux gonflés de larmes; pourquoi ? Avait-elle deviné ? Avait-elle compris ?

Nous nous dévisageâmes longuement. Trop longtemps, probablement, puisqu'elle finit par me dire d'une voix tremblotante et mal assurée :

—Bonjour, monsieur Couture. Désolée de vous déranger… Je me présente : Hélène…

—Je sais qui vous êtes.

La mère de la gamine (Hélène, elle s'appelle Hélène) me fit de gros yeux, aux coins desquels je voyais naître des larmes. J'avais été brusque et impoli, ce qu'il faut généralement éviter avec une femme dans sa situation.

—Je… désolé. J'ai perdu l'habitude des présentations. Je… désolé.

Un lourd silence s'était établi. Je ne savais pas trop quoi dire ou quoi faire. Après tout, j'avais devant moi la mère de ma victime. Que pouvais-je faire ? Que pouvais-je lui dire ?

Et alors, comme quelques instants plus tôt, j'eus l'impression que ma conscience était relayée au second plan, comme si quelqu'un d'autre prenait le relais. J'avais l'impression de m'entendre parler au loin.

—Entrez, je vous prie.

Sans dire un mot, la femme me suivit. Nous nous dirigeâmes vers la cuisine, puis sans même le lui demander, je sortis deux tasses avant de préparer du café. D'un geste, je lui désignai une chaise, sur laquelle elle s'installa.

Le silence persista durant encore de longues minutes. Le café était prêt et commençait déjà à refroidir dans nos tasses, lorsque finalement, Hélène commença à parler. Ce fut si soudain, si inattendu, que j'en sursautai.

—Vous devez être au courant que ma fille a été enlevée? Il y a presque deux semaines, aujourd'hui.

Je maintins le silence quelques instants et répliquai :

—Oui, je suis au courant.

Et comment! Elle n'est qu'à quelques mètres de toi, au sous-sol.

—Vous vous demandez ce que je suis venue faire ici et pourquoi je suis venue vous voir.

Je n'aurais pas dit mieux.

—Je dois vous avouer que je me posais la question, oui.

—Je... Comment vous le dire sans être trop brusque... Je...

Elle fit une pause, hésita quelques instants, le temps de chercher ses mots.

—Votre fille est morte l'année dernière.

Je reçus ces paroles comme un coup de poing en plein visage. Ça me fit l'effet d'une douche froide. Mes yeux s'écarquillèrent; une pointe de haine, de tristesse, de désespoir, ou peut-être un mélange des trois, me transperça la poitrine. Prenant conscience de sa brusquerie, Hélène enchaîna rapidement, les larmes aux yeux.

—Désolée. Je ne voulais pas... Je...

Elle pleurait maintenant à chaudes larmes. Elle se couvrait le visage à deux mains et était incapable de retenir ses pleurs.

—Je...

—Ce n'est rien.

Je fus moi-même surpris d'entendre ces mots. Je venais de les prononcer sans même m'en apercevoir, et d'une voix si naturelle, si empreinte de chaleur... C'est à ce moment que je me rendis compte que ma main était posée sur son bras. Je la réconfortais. Quelle ironie, non? Elle était là, à pleurer sa fille disparue, et je la réconfortais!

Nous sommes restés ainsi, immobiles, dans un silence brisé seulement par quelques petits sanglots, durant de longues minutes. D'interminables minutes. Je ne savais quoi dire. Je ne savais même pas ce que cette femme faisait dans ma cuisine, à siroter mon café. Je n'avais aucune idée de ce qu'elle me voulait.

Le temps s'écoula, notre café termina de refroidir. Les larmes d'Hélène se tarirent, mais le silence demeurait. Et finalement, elle dit quelque chose...

—Merci. C'est ce dont j'avais besoin. J'avais besoin qu'on m'écoute, qu'on accepte ma tristesse sans essayer de la consoler ou de l'atténuer.

Je n'y comprenais rien. Je n'avais rien fait du tout. Je n'avais rien fait ni rien dit, parce que je n'avais aucune idée de ce qu'elle attendait de moi, et elle me remerciait ?

—Euh… ce n'est rien... Je n'ai rien fait de bien extraordinaire…

—Justement, c'est ce dont j'avais besoin.

Sur ce, elle se leva, déposa la tasse dans l'évier et se dirigea vers la porte d'entrée. À la fois surpris et déconcerté par son aise, ne comprenant pas comment elle faisait pour ne pas sentir le lourd malaise qui planait dans la pièce, je ne pus faire autrement que de l'imiter. Je l'accompagnai jusqu'à la porte, qu'elle franchit après m'avoir brièvement salué. Elle fit quelques pas, puis se retourna, comme si elle venait tout juste d'avoir une idée.

—Est-ce que ça vous dérangerait si je repassais un de ces jours, histoire de parler avec quelqu'un qui peut me comprendre ?

Je me figeai. J'ignorais quoi répondre… Plus elle revenait, plus elle risquait d'entendre sa fille et de découvrir ce qui se passait sous son nez. Mais il y avait une telle sincérité dans son regard, un désir si intense d'aller mieux, de s'en sortir…

—Oui… Oui, je suppose que oui.

Venais-je vraiment de prononcer ces mots ? Avais-je vraiment eu la stupidité d'accepter ?

Mais déjà, elle s'était retournée, et elle partait.

24

C'est étrange comme certaines personnes entrent dans vos vies sans vous en donner le choix. Hélène a frappé à ma porte un jour, et est entrée dans ma maison. D'une certaine manière, elle est entrée dans ma vie à ce moment précis, et n'en est jamais ressortie. Du jour au lendemain, sans que je m'en aperçoive, elle s'est introduite dans ma vie, dans mon quotidien.

Après cette première intrusion dans ma maison, après cette première discussion pour le moins étrange, elle est revenue. Deux ou trois jours plus tard. Nous avons parlé. Encore. Plus, cette fois. J'ai compris ce qu'elle voulait, et je me suis détendu.

Elle voulait parler à quelqu'un qui pouvait la comprendre, qui avait vécu un drame similaire. Il n'y avait aucune malice, aucune intention cachée derrière ses visites. Elle ne me soupçonnait pas un seul instant. Alors, j'en profitai. Si je l'endormais avec ma gentillesse, mes bonnes paroles, mon écoute et mes conseils, les soupçons contre moi s'amenuiseraient.

Nous avons donc parlé. Beaucoup parlé. Pleuré, même. Parfois, je pleurais pour paraître émotif et faible. C'était stratégique. D'autres fois, ça venait comme ça, sans prévenir.

Au début, j'ai cru agir uniquement dans le but de sauver ma peau. Mais le temps a passé. Elle venait de plus en plus souvent. Et elle me faisait du bien. Elle me calmait. Elle calmait la douleur, la haine et la frustration qui bouillonnaient en moi. Elle m'apaisait.

J'en allais parfois même jusqu'à oublier qui elle était. Je ne pensais plus à sa fille. Lorsqu'elle était là, Alice sortait de mon esprit. J'oubliais ce que j'avais fait, pourquoi je l'avais fait et pour qui je l'avais fait.

Mais Hélène finissait par partir, et la douleur revenait. Parfois immédiatement après, parfois deux jours plus tard, mais la douleur revenait toujours. Et alors, je retournais voir sa fille au sous-sol, sans remords ni regret. J'avais fait ce qu'il fallait. Mais ensuite, Hélène frappait à ma porte. Et alors, je paniquais. Je doutais, je remettais mes actions en question, je ne savais plus ce que je devais faire.

Ma personnalité oscillait entre deux pôles. Avec Hélène, j'étais bien, calme et presque heureux. Je parlais, je m'ouvrais, je l'écoutais. Je ressemblais à l'homme que j'étais auparavant; heureux, optimiste, souriant et sensible. Une version de moi-même que j'avais cru morte depuis ce soir où j'avais retrouvé ma fille baignant dans son sang. Mais lorsque Hélène repartait, lorsqu'elle me laissait seul, je me recroquevillais sur moi-même. Je ressassais le passé et je broyais du noir. Mon cœur se durcissait instantanément. Parce que quand j'étais heureux, j'avais peur d'oublier.

Peur d'oublier ma fille, mon passé. Peur que tout ça s'évanouisse, effacé par le présent. Parce que si j'oubliais ma haine, ma colère et mon désespoir, comment ne pas oublier ma fille ?

25

Hélène est venue me voir à plusieurs reprises après sa première visite. Elle frappait à ma porte, j'hésitais, puis j'ouvrais. Et ensuite, nous parlions.

Je vais tenter de vous retranscrire, au mieux de ma mémoire, certaines conversations que nous avons eues. Pour que vous compreniez et que vous puissiez mesurer le lien étrange qui nous unissait.

***

—On avait l'habitude, Gabrielle et moi, d'écouter un film ensemble, le vendredi soir. On fermait la lumière, on s'installait sur le divan et on écoutait un film. Avec du popcorn. Ce n'est pas grand-chose, c'est même assez ennuyant, mais ça me manque. Vraiment.

—Oh, Daniel. Je te comprends. Alice et moi, on allait magasiner. Et le pire, c'est que ça se terminait la moitié du temps en dispute; le chandail était trop court, les pantalons trop serrés, peu importe. On se disputait, mais ça me manque. Parce qu'on était ensemble, elle et moi. Entre filles. C'était notre activité.

Elle avait mis sa main sur mon bras, et la glissait lentement de haut en bas, sans s'en apercevoir. Elle était plongée dans ses souvenirs, un sourire aux lèvres. Je comprenais ce qu'elle ressentait.

—Elle me manque. Énormément.

—Moi aussi.

***

—Est-ce que ça finit par partir? La douleur, je veux dire.

Je demeurai silencieux un long moment. Parce que c'était une question difficile et que la réponse était encore plus difficile. Et parce que, pour être honnête, je n'en savais trop rien.

—Est-ce que la douleur disparaît? Est-ce qu'elle finit par s'en aller? Oui et non. Je ne sais pas. Certains jours, oui. Certains jours, tout va bien. Je n'y pense pas trop, je m'occupe la tête. Mais il y a des jours... Il y a des jours, je ne peux m'empêcher d'y penser, et alors, j'aurais envie de hurler, de...

Mes deux mains s'étaient resserrées, et mes jointures blanchissaient au fur et à mesure que je serrais le poing. Je devais me calmer.

—Ça ne part jamais vraiment. C'est toujours présent, en dedans. Mais on s'habitue, on apprend à vivre avec…

***

Hélène et moi nous nous comprenions. Nous ressentions la même chose. Il y avait une sorte de connexion entre nous, un lien puissant. Nous pouvions passer des heures ensemble, à se parler. Ou à ne rien dire. C'était l'une des rares personnes avec qui les silences ne sont pas inconfortables.

***

—Je peux t'avouer quelque chose, Daniel ?

J'ai gardé le silence, un peu inconfortable, inquiet de ce qui allait suivre. Mais elle a dû prendre ce silence pour de l'approbation.

—Au début, j'ai beaucoup hésité à venir te voir. Tu sais, les gens, en ville, ils parlent… Ils discutent. Depuis un an, depuis… tu as changé, selon eux. Ils disent que tu t'es refermé sur toi-même, que tu es devenu sombre. Certains vont jusqu'à prétendre que tu n'as plus toute ta tête. Alors, quand l'idée m'est venue, en passant devant chez toi, j'ai longtemps hésité.

Je ne savais pas trop où elle voulait en venir. Je savais bien que les gens, en ville, parlaient. Quand je les croisais, à l'épicerie, j'entendais les chuchotements, je voyais les regards en coin.

—Mais je ne le regrette pas. Je crois qu'ils ne comprennent pas. Ils ne peuvent pas comprendre. Au fond, derrière cette croûte de… de tristesse, je vois l'homme que tu étais. Celui que tu es toujours Je vois la bonté dans tes yeux, j'entends la chaleur dans ta voix. Tu es un type bien, Daniel. Malgré ce que les gens disent et malgré ce que tu penses, ce n'est pas ta faute. Tu n'aurais pas pu deviner, tu n'aurais pas pu savoir. Tu ne pouvais pas savoir ce que ta fille vivait, si elle ne voulait pas te le dire. Ce n'est en aucun cas ta faute si elle est morte.

26

Durant les minutes, les heures et les jours qui ont suivi, vous ne pouvez pas imaginer comme ces paroles ont résonné dans mon esprit.

— Tu es un type bien, Daniel.

Comme ces mots m'ont fait mal.

D'abord, parce qu'elle avait vu juste, terriblement juste. Elle avait compris l'origine de ma douleur, elle avait lu en moi comme personne n'avait pu le faire. Comme moi-même je n'en avais pas été capable.

Je me sentais coupable de la mort de ma fille. Et pour protéger mon ego, pour ne pas affronter cette vérité, j'avais cherché un autre coupable. La fille d'Hélène. Alice.

— Tu es un type bien, Daniel.

Je n'avais pas su quoi lui répondre. Je n'avais pas pu répondre. Je n'avais même pas eu la force de la regarder dans les yeux. J'étais chez elle, dans son salon, à boire un verre de vin avec elle. Elle tentait de me réconforter et de me consoler. Et moi, j'avais enlevé sa fille. J'étais la cause de son malheur. J'étais à l'origine de ses tourments, et elle me consolait.

— Tu es un type bien, Daniel.

Si tu avais su. Oh, si tu avais su ce que j'ai fait…

27

J'étais amoureux. Vous l'avez probablement compris, et bien avant moi. J'étais tombé amoureux de cette femme qui m'écoutait, qui me comprenait. Qui me ressemblait.

Mais j'étais surtout tombé amoureux de la mère de ma victime. J'étais amoureux d'une femme qui passait son temps à me parler de sa fille, à s'inquiéter pour elle. Et je devais la rassurer, la réconforter, lui dire que tout irait bien, qu'il y avait de l'espoir, que sa fille était probablement encore en vie.

Cela doit vous sembler malsain, horriblement cruel et sans scrupule. Comment peut-on prétendre aimer quelqu'un et en même temps lui infliger une telle souffrance? Comment peut-on prétendre aimer une femme et en même temps garder sa fille prisonnière à quelques mètres d'elle?

Peut-être faut-il être un peu fou, dérangé. Peut-être aussi faut-il simplement être terriblement, horriblement blessé, désespéré, au point où l'irrationnel devient la seule option envisageable. Je n'ai pas la réponse à cette question. Peut-être même la réponse se situe-t-elle quelque part entre ces deux idées. Toujours est-il que j'aimais cette femme. Je l'aimais autant qu'un homme blessé et meurtri par la vie peut le faire.

Et elle m'aimait aussi, je crois. À une certaine époque. Durant quelque temps, au moins. Je la comprenais. Je savais ce qu'elle ressentait. C'est déjà plus que bien des couples.

Mais lorsque j'ai compris ce que je ressentais pour cette femme, j'ai fui. J'ai tenté d'échapper à ces émotions, d'éviter cet amour, de l'oublier. Je ne pouvais me permettre d'être heureux. Non, pas après ce que j'avais vécu, pas après ce que j'avais perdu. Je ne pouvais pas être heureux alors que j'avais laissé ma fille mourir de désespoir. Et je ne pouvais pas non plus me distraire de la tâche que je m'étais donnée. Je ne devais pas oublier Alice. J'avais des comptes à régler avec elle. Peu importe l'amour que j'éprouvais pour sa mère, je n'éprouvais pas moins une haine incalculable envers cette adolescente.

J'ai donc fui Hélène, en me convainquant qu'une fois ma tâche accomplie, une fois ma promesse tenue, je pourrais toujours retourner vers elle. Et alors, mais seulement alors, je pourrais être heureux et vivre ma vie.

Et c'est à partir de là que tout s'est mis à aller de travers.

28

J'étais au volant de ma voiture. C'était l'hiver. Il faisait froid, et il neigeait. Hélène était assise du côté passager. Je roulais tranquillement. Puis, d'un seul coup, j'accélérai. Malgré moi, la voiture prenait de la vitesse, de plus en plus de vitesse.

La chaussée était glissante. Très glissante. La situation était critique, ce n'était qu'une question de temps avant que ça ne tourne mal. Je perdais le contrôle, et il y aurait des dégâts.

Soudain, droit devant nous, surgit de nulle part une silhouette. Un instant, il n'y avait rien. L'instant d'après, elle était là. Loin, pour le moment. Mais à la vitesse que je roulais, elle s'approchait dangereusement. À une vitesse folle. Et malgré la distance, malgré le vent, malgré la neige qui brouillait la vue, je savais qui était cette silhouette : Alice. Encore et toujours, Alice.

Cette scène, je la vivais tous les jours, ou presque. Chaque nuit. C'était toujours cette même scène. Hélène et moi, en voiture. Alice, droit devant. Toutefois, la fin changeait. D'une nuit à l'autre, l'histoire variait. Le moment décisif, l'élément causant les variations, c'était moi. Ce que je choisissais de faire changeait toujours la fin. Mais il y avait tout de même des modèles généraux, des tendances qui revenaient fréquemment.

Parfois, j'évitais la fille. Parfois non. À certains moments, j'essayais de l'éviter. Pas toujours. Parfois, je perdais le contrôle et je me retrouvais dans le fossé. Hélène mourait certaines nuits, d'autres nuits c'était Alice. Ou alors les deux.

Ces rêves avaient un sens, ils m'envoyaient un message. J'aurais pu le comprendre. J'aurais dû le comprendre. Ça m'aurait peut-être aidé. Si j'avais compris peut-être que tout ça aurait pu être évité.

Tous ces dégâts.

Toute cette douleur.

29

Alice était toujours enfermée au sous-sol. Je la nourrissais à une fréquence régulière, ou presque. Parfois, alors que j'étais avec sa mère, lorsque les remords me gagnaient et je ne pouvais faire face à mes actes, j'évitais la cave. Une nuit, parfois deux, parfois un peu plus.

Je craignais d'affronter ce que j'avais fait; je ne pouvais faire face au choix qui m'attendait. Car, au plus profond de moi, je sentais que je fonçais tout droit, tête baissée, vers un tournant de ma vie. Je m'approchais d'une intersection où plusieurs chemins se croisaient. Et alors, je devrais agir. Faire un choix, poser un geste.

Plus j'attendais, moins j'aurais de temps pour réfléchir, pour peser les pour et les contre. Je devais agir, choisir sur le champ. Je le savais, ou plutôt une partie de moi le savait. Mais je me voilais le visage. J'évitais d'y penser, je fuyais mes responsabilités. Parce que j'avais peur et que je n'étais pas prêt.

Je me sentais pris au piège, mais je préférais ne pas y porter attention. Je vivais dans ma tête, je ruminais, je ressassais de vieux souvenirs. Parfois, je pensais à Hélène. À son sourire, à sa voix. Mais si je pensais trop longtemps à elle, je ne pouvais éloigner de mes pensées la jeune Alice, qui lui ressemblait. Et qui ressemblait à ma fille, aussi, d'une certaine manière. Alice, que je gardais prisonnière dans mon sous-sol. Alice, envers qui je nourrissais une haine si terrible, si violente, quelque temps plus tôt. À une époque lointaine, me semblait-il. Alice, qui n'était plus qu'un fardeau sur mes épaules. Alice, que j'aurais tant aimé ne jamais avoir croisée sur mon chemin.

J'approchais donc de cette intersection, ou je devrais choisir : ma fille, Alice, ou Hélène. Le passé, le présent, ou le futur. Le désespoir, la haine, ou l'amour. Ce choix approchait, mais je n'en avais pas conscience. Je n'étais pas prêt. Je ne pouvais oublier ma fille, l'abandonner, ne pas honorer sa mémoire. Et j'avais Alice, prisonnière entre quatre murs. Je pouvais m'occuper d'elle, en faire ce que je voulais. Calmer ainsi ma colère, ma haine et mon désespoir.

Mais il y avait Hélène. Encore et toujours, Hélène. Ce regard scrutateur qui semblait lire au plus profond de mon âme. Ce sourire qui avait le don de me calmer, de calmer ma colère, de me détendre. Et sa voix. Sa voix, qui se répercutait en écho dans ma tête, répétait :

—Tu es un type bien, Daniel.

Que faire, alors ? Qui choisir ? Comment choisir ?

30

—Daniel ! Daniel, s'il vous plaît, ouvrez.

Elle frappa à nouveau.

—Daniel. Je sais que vous êtes là ! Ouvrez ! Qu'ai-je donc fait ?

Je dansais sur place, les pieds incertains. Je faisais deux pas vers l'avant, la main tendue vers la porte, puis je reculais. Non. Je ne pouvais pas continuer. Je ne pouvais pas lui parler, la consoler, faire comme si tout était normal. C'était impossible.

—S'il vous plaît, Daniel.

Elle était au bord des larmes, je le sentais dans sa voix. Une part de moi éprouvait une envie folle de lui ouvrir la porte, de la serrer dans mes bras, et de la consoler. J'avais envie de la réconforter, de lui dire que tout irait bien. Que sa fille était en sécurité. J'avais même envie de tout lui avouer : ce que j'avais fait, et pourquoi je l'avais fait.

Mais je ne pouvais pas. Non. C'était insensé. Et si elle réagissait mal ? Si elle me prenait pour un fou ou un monstre ? Je ne pourrais pas l'accepter. Alors, je m'éloignais de la porte, les mains sur les oreilles, les larmes aux yeux.

—Daniel… Pourquoi ?

Pourquoi est-ce que ça ne pouvait pas être simple ? Pourquoi avait-il fallu que ce soit sa fille ? Sa fille à elle, qui… Et pourquoi avait-il fallu que je tombe amoureux d'elle ? Et à ce moment précis ?

—Hélène ! Oh, Hélène ! Je suis désolé. Mais ce n'est pas aussi simple que tu le crois.

Mais elle était déjà partie. De la fenêtre, je la voyais s'éloigner lentement, en se retournant parfois dans l'espoir de voir la porte s'ouvrir. Ce qu'elle ne savait pas, c'est que j'étais affalé de l'autre côté de cette porte, la tête entre les mains, en larmes.

Maintenant que j'y repense, alors que ces événements sont derrière moi, j'y vois plus clair. C'était, je crois, l'intersection que je redoutais tant. J'y étais arrivé. Je sentais que je devais faire un choix, je n'avais plus le choix. Sinon, je perdrais la maîtrise de la situation pour de bon. Et peut-être que je perdrais aussi la seule et dernière lueur dans les ténèbres de mon existence.

Je suis resté écrasé au sol durant des heures et des heures. Le soleil s'était couché; la lune illuminait le ciel de ses rayons. J'étais toujours immobile, mes larmes avaient tari. J'avais les yeux grand ouverts, fixés sur le sol devant moi.

Ma décision était prise. Mon plan était presque complet. J'agirais le lendemain, dans la nuit. Sans faute. Plus question de reculer, plus question de remettre à plus tard. C'était maintenant ou jamais.

Mais avant, j'avais une dernière chose à faire. Une petite visite. À ma fille.

31

J'étais décidé. Mon plan était établi. Je savais ce que je voulais faire, et comment je voulais le faire. Je savais où aller, et quand y aller. Mais je ne pouvais pas le faire le jour même, il était trop tard. Je n'aurais pas le temps de tout mettre en place efficacement. Et de toute façon, je voulais voir ma fille. Lui parler, lui expliquer, me justifier.

J'étais descendu au sous-sol pour apporter eau et nourriture à mon invitée. À ma victime, plutôt. Ce faisant, je me disais que c'était la dernière fois que je le ferais. Une vague de soulagement me gagnait. Enfin, tout se terminerait. Je pourrais aller de l'avant. Être heureux, libre. Mais pas tout de suite. Le lendemain. D'ici là, ce n'était pas le temps de s'adoucir, pas le temps de se laisser aller. Je devais tout planifier, tout mettre en place.

Je verrouillai la porte derrière moi, prêt à monter à l'étage. La prochaine fois que je viendrais, ce serait la dernière. Tout prendrait fin. Enfin. Je me sentais respirer à nouveau, librement, pour la première fois depuis longtemps. Puis, tout dérapa.

Mon plan n'était même pas encore mis en action, je n'étais même pas encore prêt, et déjà, ça dérapait. La situation m'échappait. Je perdrais le contrôle. Avant même de le prendre.

—Monsieur…

Je m'immobilisai net. Une fraction de seconde plus tôt, je me sentais respirer librement. Et voilà que déjà, je sentais ma poitrine s'écraser à nouveau. Un poids immense venait de se rabattre sur moi.

—Daniel ?

Merde ! Merde de merde ! Saloperie de merde !

J'étais foutu. Tout tombait à l'eau. Alice savait mon nom. Elle connaissait mon nom. Et peut-être en savait-elle encore plus.

Merde !

Je tremblais. Mon esprit courait dans tous les sens, mes idées partaient dans une direction, puis hésitaient. Faisant demi-tour, elles se fixaient sur une autre option, une autre idée, une nouvelle pensée. Et au final, elles revenaient et ne réussissaient qu'à se fixer à un seul mot.

Merde !

J'étais dans la merde jusqu'au cou. Non. Bien pire; jusqu'aux oreilles, minimum. Chaque seconde, chaque minute, je m'enfonçais un peu plus. Le moindre mouvement risquait d'être fatal.

—Daniel… S'il vous plait. Laissez-moi sortir. Ouvrez-moi, et laissez-moi m'en aller. Je ne dirai rien. Je ne sais pas où je suis, je ne sais pas qui vous êtes. J'ai entendu votre nom, mais c'est tout. Je le jure.

La voix de l'adolescente était à la fois faible et implorante. Une voix d'enfant. Une voix d'enfant désespéré, à bout.

Comme ma fille, probablement, implorait qu'on la laisse tranquille…

—Tais-toi !

Je sursautai. La voix qui avait parlé était forte, violente, méchante. Hargneuse, même. C'était ma voix. Ma propre voix. Je ne l'avais pas reconnue, au début. Elle était trop… différente, altérée.

On entendait maintenant des sanglots, de l'autre côté de la porte. Alice gémissait comme une gamine. Mais ce n'était pas une gamine. Elle n'était pas aussi innocente qu'elle le laissait croire, non ?

Je perdais mes moyens. Je sentais la panique me tirailler les entrailles. Je ne savais plus que faire, que penser, que croire. Savait-elle qui j'étais, ou connaissait-elle seulement mon prénom, comme elle le prétendait ? Pouvais-je la laisser partir, simplement ? Pouvais-je encore suivre mon plan ? Pouvais-je encore prendre ce risque ?

Merde. Tout m'échappait. J'avais atteint l'intersection tant redoutée. Je devais faire un choix. Mais ma voiture n'avait plus de freins, la chaussée était glissante et je roulais vite, très vite. Trop vite. Que faire ? Comment faire ?

32

Je dormis très mal, cette nuit-là. Je passai des heures entières à réfléchir. Encore et toujours, j'envisageais mes possibilités. Je réfléchissais, je tournais la situation en tous sens. Je tentais de m'expliquer comment la fille était parvenue à m'identifier ? L'avait-elle fait ? Pouvais-je lui faire confiance ?

Par moments, je voulais lui faire confiance. Je voulais croire qu'elle était bien disposée, qu'elle coopérerait. Tout suivrait mon plan, tout irait bien. Puis, je paniquais, je paranoïais. Elle savait qui j'étais, elle avait tout compris, tout deviné. J'étais foutu. Elle parlerait dès qu'elle en aurait la chance.

Merde !

J'ai réussi à m'endormir quelque part vers les deux ou trois heures du matin. Mais j'ai mal dormi. Atrocement mal dormi. D'un sommeil agité, bercé par un rêve, encore et toujours le même rêve. J'avais beau me réveiller, reprendre mon calme, me changer les idées, je sombrais immédiatement dans le sommeil et je revivais le même rêve. En boucle. Encore et encore, toujours le même rêve. Sans aucune variation.

J'étais au volant de ma voiture. Il faisait beau, il faisait chaud. Tout allait bien, j'étais heureux. Je jetais un coup d'œil à ma droite. Hélène était là, tout sourire. Je tendais la main, je la déposais sur la sienne.

D'un seul coup, le ciel devenait brusquement sombre et orageux. Le sourire d'Hélène s'évaporait, pour céder la place à un visage paniqué.

Je me retournais vers la route. Il neigeait à gros flocons. D'immenses flocons qui tombaient en ligne droite sur le sol. J'avais les deux mains crispées sur le volant, tandis que mon ventre se serrait. Je sentais que quelque chose arrivait. Je sentais que j'approchais. Mais de quoi ?

De l'intersection, évidemment.

Et effectivement, l'intersection est apparue devant moi. Je devais choisir où j'allais. J'avais envie d'aller à gauche et d'ailleurs, mon clignotant était déjà actionné. Mais Hélène me demandait d'aller à droite. Alors, j'ai fait ce qui me semblait le plus logique sur le moment; j'ai continué tout droit.

Bien assez tôt, la voiture s'est mise à déraper. Je perdais le contrôle. Soudain, une silhouette apparaît en plein centre de la voie. Je tournais le volant à gauche, à droite… La voiture n'écoutait qu'à moitié; il n'y avait rien à faire.

Et, d'un seul coup, je me suis réveillé. Ce même rêve, encore et toujours. Dès que je fermais les yeux.

33

— Gabrielle… Ma petite fille, ma chérie…

Pour toute réponse, je n'obtenais évidemment que le bruit du vent qui s'insinuait entre les feuilles des arbres.

— Gabrielle, ma petite… Je suis tellement désolé.

J'étais agenouillé devant sa pierre tombale, les mains agrippées sur les rebords de la pierre froide. Les larmes me montaient aux yeux malgré moi.

— Je suis désolé de n'avoir rien vu, désolé de n'avoir rien compris, désolé de ne pas avoir été là pour toi. Désolé pour tout.

Mon front était maintenant appuyé sur la froideur de la pierre. La froideur de la mort, aussi froid qu'un cadavre. Dès que ces pensées traversèrent mon esprit, je les chassai. Je fermai les yeux et me concentrai.

Si j'y songeais bien, si je plongeais loin, très loin dans mes souvenirs, j'arrivais à revoir ma fille. Ce n'était pas tout à fait un souvenir. Mais pas si loin. L'image que je me faisais d'elle provenait bel et bien d'un souvenir; un après-midi d'été, que nous avions passé ensemble. Nous étions allés faire une petite promenade, tous les deux. Rien de plus. Elle portait l'une de ces magnifiques petites robes d'été qui volent au vent et qui lui allaient si bien.

Mais ce n'était pas un souvenir. Je me concentrais, et je la voyais, assise par terre, devant moi, son front appuyé sur le mien. Elle était là, je sentais sa peau, froide… non, pas froide… fraîche… Je sentais son souffle qui faisait osciller doucement le col de ma chemise. Elle était avec moi, j'avais mes mains accrochées à ses épaules. Des larmes ruisselaient de mes yeux. Elle était là.

— Je suis désolé, ma chérie. Vraiment désolé. J'aurais dû…

Je sursautai. J'étais presque certain d'avoir entendu quelque chose. Une voix, sa voix. Je me concentrai, attentif. J'entendais encore le murmure du vent. Mais quelque chose d'autre, aussi. Bas, très bas, mais tout de même audible.

— Gabrielle ! Est-ce que c'est toi ?

S'ensuivit un court silence, qui me parut désespérément long.

— Papa…

J'étais tétanisé.

— Gabrielle, ma petite… Tu m'as tant manqué.

— Papa…

J'avais tant à lui dire, tant de questions à lui poser, et pourtant aucun mot ne me venait. Je ne savais pas par où commencer.

—Oh, Gabrielle. Pardonne-moi, ma chérie…

—Non, papa… Ce n'est pas ta faute…

—Ma chérie…

—Non, papa. Ne regarde plus derrière toi. Tu dois continuer d'avancer…

—Gabrielle… Non…

Mais le silence s'était à nouveau fait. J'entendais encore et toujours le souffle du vent, mais il n'était accompagné d'aucun murmure. Je sentais toujours un contact froid sur mon front, mais ce n'était plus celui de ma fille. C'était simplement la pierre. Je serrais toujours quelque chose entre mes mains, mais ce n'était plus ma fille. C'était sa pierre tombale.

Je sais bien ce que vous pensez. Vous croyez que je suis fou, que j'avais perdu les pédales. Et, je dois l'admettre, je croyais alors la même chose que vous. Tandis que je me relevais péniblement, les jambes ankylosées, je ne savais que penser. Avais-je rêvé ? Avais-je imaginé tout ça ? Se pouvait-il que cette apparition, cette vision, ait été bien réelle ?

Même aujourd'hui, je n'en ai aucune idée. Je n'en sais rien du tout. Lorsque j'y repense, je ne peux me résoudre à accepter que ce ne fût qu'un rêve. Non, c'était bien trop beau, bien trop réel. Ce souvenir ressemble à d'autres moments heureux de ma vie; des moments si beaux, si magiques, des tournants de ma vie, qui sont empreints d'une telle aura de bonheur qu'ils semblent… je ne sais pas, je ne trouve pas le bon mot… qu'ils semblent détonner. Lorsque je les revis en pensée, on dirait qu'ils sont entourés d'un nuage et que mon esprit est brouillé par l'euphorie. La naissance de ma fille, mon mariage, bien que celui-ci ait perdu de son éclat depuis le départ de ma femme, le jour où ma fille, pour la première fois, a levé les yeux vers moi et a bredouillé le mot *papa*… Ce sont les seuls souvenirs qui se comparent, d'une certaine manière, à ce moment. Et encore, ces souvenirs sont si lointains, que je ne sais pas si cette aura de magie, de mystère, d'inconnu, d'euphorie, était là, sur le moment, ou si elle est apparue peu à peu dans mon esprit.

Mais peu importe. Après des heures et des heures de réflexion, car Dieu sait que du temps pour penser, j'en ai bien assez ici, je n'ai toujours pas réussi à savoir. L'important, c'est que ce moment, cette discussion avec ma fille, m'a donné du courage et de la force. Cette discussion m'a aussi raffermi dans la décision que j'avais prise. Ma fille était d'accord avec mon choix.

Ma fille était d'accord, mais Quelqu'un, quelque part, ne l'était pas. Quelqu'un voulait que cette histoire se termine autrement pour moi et la jeune Alice. Forcément. Parce que ce qui s'est passé ensuite a déraillé. Totalement. Rien à voir avec mon plan, rien à voir avec ce que j'avais décidé.

Et c'est ce qui m'a mené ici. En ce lieu. Dans cette cellule. C'est ce qui fait que je suis haï, détesté de tous.

Je ne suis rien d'autre que ce qu'Il a fait de moi.

34

Cette journée fut probablement la journée la plus longue de ma vie. Maintenant que j'étais allé voir ma fille, que mon plan était fixé, je n'avais plus qu'une seule chose à faire : attendre.

Pour couronner le tout, je sentais, assis sur ma chaise à attendre, les signes avant-coureurs d'une migraine qui approchait. Derrière mon œil gauche, un élancement, faible, mais constant, faisait son apparition. Je savais que dans environ une demi-heure, peut-être une heure, cet élancement aurait gagné tout le côté gauche de ma tête, de l'œil jusqu'aux vertèbres du cou.

Le temps avançait lentement. Je m'efforçais de ne pas trop penser, mais en vain. La visite à ma fille et surtout, le phénomène surnaturel auquel j'avais cru assister lorsque je me tenais près de sa tombe repassaient en boucle dans ma tête. Mais comme chaque fois que je pensais à ma fille, une image venait se juxtaposer aux autres… Ma pauvre petite qui baignait dans son sang, les vêtements rougis, le regard vide, la bouche entrouverte. Le visage de la mort.

À un moment, épuisé, tanné d'attendre, et affaibli par la douleur qui me fendait le crâne, je décidai qu'il serait préférable d'aller dormir. Ainsi, je serais en pleine forme pour affronter la tâche que je m'étais fixée cette nuit-là.

Dès que je me retrouvai debout, ma vision se brouilla, le sang me battit aux tempes. On aurait dit des tambours africains battant la cadence. Saloperie de migraine ! J'étais agrippé au mur, juste à côté de moi, et je chancelais. D'un seul coup, mon front était couvert de sueur. J'avais chaud, atrocement chaud. Je sentais la salive qui coulait au fond de ma bouche. Saloperie de migraine !

Comprenant ce qui s'en venait, toutes mes forces me revinrent. Je voyais clair, j'étais solide sur mes jambes. En deux temps trois mouvements, j'étais à genoux devant la toilette, à me vomir les tripes. Saloperie de migraine !

Un spasme, puis deux. Au troisième, je n'avais plus rien dans l'estomac. Ma vision était brouillée de larmes. Le sang me battait aux tempes, au rythme des tambours. Mais lorsque les spasmes s'arrêtèrent, je me sentis mieux. La douleur avait diminué. Je me relevai, m'essuyai la bouche, puis direction mon lit. Une fois allongé, la douleur s'amoindrit considérablement. Comme toujours. Quelques heures de sommeil me remettraient sur pied. En tout cas, c'est ce que j'espérais.

Le sommeil mit du temps à venir; cette satanée migraine rendait toutes les positions inconfortables. J'avais trop chaud, ou trop froid. Par moments, mon estomac se contractait brusquement, et je devais user de toutes mes forces pour l'empêcher de rejeter ce qu'il lui restait de contenu.

Après une petite éternité, je sombrai enfin. Finie la douleur, disparu le froid, plus d'estomac qui me malmenait. Malheureusement, je n'étais pas en paix pour autant. Encore une fois, je me retrouvais plongé dans le même rêve qui me tourmentait depuis quelques nuits déjà. La même route. La même intersection. Les mêmes flocons de neige qui brouillaient peu à peu ma vision. Le même choix. Le même accident. Les mêmes contractions d'estomac, accompagnées d'un filet de salive dans ma bouche. Saloperie de migraine !

Je me réveillai d'un coup, le cœur au bord des lèvres. En trois bonds, j'étais de retour près de la toilette, agenouillé. Cette fois, je me relevai avec un goût de bile amer dans la bouche et, encore, avec cette satanée douleur derrière l'œil gauche. Et les tambours, toujours les tambours.

Debout devant le miroir, je me dévisageais.

—Qu'est-ce qui te prend, merde ? T'as peur ? T'as le tract ? Tu paniques ?

Je pris de l'eau dans mes mains et me la jetai au visage. Vague de froid, accompagnée d'une brève diminution de l'élancement.

—Ressaisis-toi. Ce n'est pas le temps de flancher. Une nuit. Une toute petite nuit, et c'est réglé. Fini. Terminé. Retour à la vie normale.

Je me frottai le visage à deux mains, en pressant plus fort et plus longuement à l'endroit où je sentais que la douleur se cachait. Puis, encore en me fixant dans le miroir, je forçai un sourire.

—C'est ça. Souris. Tout ira bien.

Mais la petite voix dans ma tête, elle, ne pouvait s'empêcher de douter. Non, ce n'était pas le temps. Pas le temps du tout. Mais le doute était aussi inutile qu'impossible. Il était trop tard pour hésiter, trop tard pour reculer.

Je retournai m'affaler sur mon lit. Cette fois, le sommeil ne se fit pas attendre. Je dormis encore quelques heures, jusqu'à ce que le soleil se couche. Alors, je me levai, avec la bouche pâteuse, accompagnée d'un goût amer. Ça s'annonçait comme une dure nuit. Une sale nuit.

Mais au moins, cette saloperie de migraine était partie. Ne restait plus qu'une petite douleur, un petit chatouillement derrière l'œil.

35

Je vais tenter de vous relater les événements qui ont suivi, mais excusez-moi à l'avance si ça vous semble décousu et incohérent. Le fait est que je garde un souvenir étrange de cette nuit-là. Celle-là même qui m'a amené ici. Ce souvenir est riche en détail à certains moments, mais est aussi constellé d'immenses trous. Mais ce qui le rend le plus étrange, c'est que chaque fois que j'y repense, j'ai l'impression non pas de le revoir à travers mes yeux, mais plutôt à travers ceux d'un spectateur indépendant de l'histoire. Un spectateur impuissant qui a tout vu de loin et qui a subi plutôt que de vivre la scène. Et pourtant, c'est bien moi qui l'ai vécue, cette scène. C'est bien moi qui ai fait tout ce dont on m'accuse.

36

Lorsque je repense à cette nuit, la première chose qui me vient à l'esprit, c'est une longue route déserte. Je suis au volant de ma voiture et je roule dans la noirceur. À peu près exactement comme dans le rêve qui me tourmentait depuis déjà plusieurs semaines. Mais cette fois, Hélène n'était pas à mes côtés. J'étais seul à l'avant. Et sur la banquette arrière, allongée avec de grosses bandes de ruban adhésif aux poignets et aux chevilles, il y avait Alice. Elle était inconsciente.

La scène avait quelque chose d'assez étrange. Quelque chose d'irréaliste. Je roulais lentement, sans aucune presse, en fredonnant la chanson qui passait à la radio. Oui, je fredonnais. Parce qu'après les semaines de peur, de stress, d'inquiétudes et de tracas, tout s'apprêtait à prendre fin. Et j'en étais heureux. Si quelqu'un était passé par là, il n'aurait rien vu d'autre qu'un homme conduisant paisiblement, avec une jeune fille endormie derrière. Sa fille, probablement. Certainement, même. Pourquoi en serait-il autrement?

Combien de temps ai-je roulé ainsi? Une trentaine de minutes, peut-être. Aucune idée, mes souvenirs sont trop flous. Je me souviens avoir roulé un certain temps, sans plus. J'étais fort probablement sur le pilote automatique, plongé dans mon esprit. Alors que mon corps était bien ancré derrière le volant de ma voiture, ma tête voguait à la dérive, quelque part dans le futur, à imaginer l'éventail de possibilités qu'il m'offrait.

Puis, retour soudain à la réalité. Un sentiment étrange gonflait en moi. Ce n'était pas tout à fait de la peur. Non, c'était bien pire. C'était de l'incompréhension mélangée à une frayeur beaucoup plus grande que ce que l'on peut ressentir lorsque l'on est confronté à quelque chose de vrai, de tangible, d'identifiable.

Ma voiture s'était immobilisée sur la chaussée. À un rythme régulier, une lumière rouge clignotait, droit devant moi. Un feu de signalisation qui baignait ma voiture d'une aura à la fois étrange et inquiétante. Cette lumière éclairait le corps de l'adolescente, qui commençait subtilement à bouger. Elle reprenait connaissance. Mais je ne m'en souciais guère. Toute mon attention était fixée sur l'intersection droit devant moi. Une intersection que j'avais croisée des dizaines et des dizaines de fois, déjà. En rêve. Des semaines durant. Chaque nuit. Et chaque fois, la situation m'échappait. Je dérapais et je perdais le contrôle. Mais comment était-ce possible? Comment?

Je vous ai déjà parlé de cette impression que je ressentais, parfois. Cette impression que je n'étais pas maître de la situation. Que Quelqu'un ou quelque chose tirait les ficelles. Eh bien, c'est à ce moment précis, durant cette minute d'immobilité où j'aurais pu croire que le temps s'était arrêté sans le clignotement rouge incessant qui inondait la voiture à un rythme régulier, que j'en ai pris conscience. Oui. Ce ne pouvait être que ça. Aucun hasard, aucune science, aucune logique ne pouvaient expliquer ces rêves. Il y avait Quelqu'un qui tirait les ficelles. Quelqu'un qui m'amenait à cet endroit précis.

Une minute. C'est le temps durant lequel ma voiture est demeurée immobile sur la chaussée. Mais cette minute eût une incidence incroyable sur la suite des événements. Maintenant, je comprenais les choses autrement. Il n'y avait plus d'imprévus ni de changements de plan. À présent, ces termes ont une tonalité si absurde à mes oreilles. Non. Tout suivait le plan. Quel plan ? Aucune idée. Son plan. Pas le mien. Un plan plus vaste, plus complexe.

C'est donc sans aucune hésitation que mon pied droit quitta le frein pour aller appuyer sur l'accélérateur. Puis, sans me poser de question, je continuai tout droit. Comme dans mes rêves. C'était le plan, après tout. Non ?

J'étais beaucoup trop occupé pour remarquer les mouvements sur la banquette arrière. Je ne vis pas qu'Alice s'était réveillée, pas même qu'elle s'était recroquevillée sur elle-même dans le coin opposé au mien.

Et pourtant, je ne fus aucunement surpris lorsque ses deux pieds joints vinrent me frapper quelque part entre l'épaule et la tête. C'était prévu. C'était le plan. Son plan. Je ne fus pas plus surpris, non plus, de perdre le contrôle de la voiture et de voir la pelouse, au fond du fossé, s'approcher à une vitesse effroyable.

C'était prévu, ça aussi. Je ne pouvais rien y faire.

37

Je repris connaissance après peut-être deux minutes. Ou deux heures. Impossible à dire. Les premières pensées qui me traversèrent l'esprit furent bien peu gentilles et polies. Elles étaient toutes dirigées vers cette gamine, qui deux fois, ce soir-là, avait réveillé la migraine qui s'était endormie jusqu'alors.

Deux fois, oui. Parce que je me rends compte que j'ai oublié de vous raconter quelque chose. Un événement qui s'était déroulé alors que je décidais de mettre mon plan à exécution. Ainsi, je descendis au sous-sol, certain que l'adolescente serait plongée dans un sommeil profond; j'avais émietté des somnifères dans son dernier repas, et ils auraient dû avoir fait effet depuis déjà un petit moment.

J'étais calme, confiant, et mon plan était aussi solide que fiable. Tout était calculé au quart de tour. Rien ne pouvait me faire dévier de ma route.

J'introduisis la clé dans la serrure. J'entendis le cliquetis du cadenas, et repoussai la porte. Tout était calme et silencieux. Puis, BANG.

Je me suis mis à voir de petits points bleus qui voletaient autour de moi. Je chancelais. Qu'est-ce que…

Un autre coup en pleine figure. J'entendais, au loin, un tambour. Une fréquence, qui tambourinait à un rythme de plus en plus accéléré, de plus en plus puissant. Ma vision était floue. Toujours, le tambour qui faisait danser les étoiles sous mes yeux, à une cadence bien précise.

Je fis un pas en arrière, puis deux. Retour dans la lumière. Mauvaise idée, la lumière amplifiait le son du tambour. Ensuite, je sentis deux mains frêles et faibles me repousser vers l'arrière.

Cette fois, je ne pouvais que remercier ce Quelqu'un, quelque part là-haut, qui avait la situation bien en main. Car ce n'est certainement pas moi qui ai eu la rapidité d'esprit d'agripper ces deux petites mains pour les entraîner dans ma chute. Toujours est-il que c'est ce que je fis.

Éclair de douleur à la hauteur des reins alors qu'ils rencontraient la deuxième marche de l'escalier. Après quoi, augmentation fulgurante du rythme des tambours. Mais je tenais la fille entre mes deux mains, aussi solidement refermées que la gueule du prédateur sur la nuque de sa proie. Elle tomba sur moi, en se frappant vraisemblablement la tête sur la rampe de l'escalier. Un petit filet de sang coulait sur son front. Et elle était inerte.

S'ensuivit une accélération brusque de mon rythme cardiaque, qui atteignait maintenant le rythme des tambours. Mais une vérification rapide me calma aussitôt. Son cœur battait toujours. Avec le calme, la conscience me revint. Les tambours, puis les geysers de salive dans ma bouche. Saloperie de migraine !

Un spasme, puis deux. Fin. Rien de plus. Et les tambours se calmèrent. Soulagement. Je pris du ruban adhésif, et je ligotai mon fardeau inconscient. D'un bref coup d'œil, je vis l'un des tiroirs de la commode, le fond défoncé, au sol, devant la porte. C'est ce qui avait déclenché les tambours. Un peu plus loin, un repas intact. Merde. Elle était plus futée que prévu.

38

Où est-ce que j'en étais, déjà ?

Ah, oui. Dans ma voiture, écrasée dans le fossé. Les tambours qui s'approchaient augmentaient lentement la cadence. Saloperie de migraine ! Cette fois, j'étais sonné. Je mis un certain temps à me remémorer où j'étais, et ce que je faisais.

Sur la route. Non, dans le fossé, près de la route. En pleine nuit. Pour mettre mon plan à exécution. Et merde, il ne fallait pas oublier l'Autre et Son plan. La raison pour laquelle tout dérapait. Et la gamine. Alice. Où était-elle ? Était-elle en vie ? Ou pire, avait-elle été secourue ?

Je devais faire vite et reprendre le contrôle sans plus attendre. Je le savais. J'en étais convaincu. Mais un boulet me gonflait dans l'estomac. Une énorme masse, qui m'immobilisait sur place. Impossible de me lever, ni même de bouger les bras ou les jambes. L'immobilité absolue.

C'était la merde. Tout m'échappait. Depuis cette intersection, chaque seconde, chaque minute, la situation me glissait entre les doigts. Et je songeai alors à mon rêve. À ce rêve de merde, qui me hantait depuis trop longtemps. Ce rêve dans lequel je dérapais et je perdais le contrôle de ma voiture. Et ensuite, merde ? Qu'est-ce qui arrivait ? Qu'est-ce qui arrivait ? Le fossé. Et après ? Du sang. Des cadavres.

Mais lesquels, merde ? LESQUELS ? Hélène ? Alice ? Moi ? QUI ? ? ?

Le boulet disparut d'un seul coup. *Whoumpf* ! Évaporé. L'adrénaline. Cette bonne vieille adrénaline prenait le dessus. Enfin.

L'énergie envahit d'abord mes doigts, et ensuite mes mains. Quelques secondes, et les bras étaient touchés. Je les bougeai, les passai devant mes yeux. Ils semblaient intacts et fonctionnels.

Comme l'énergie tardait à gagner le reste de mes membres, je me servis de mes bras pour les toucher. Pas de fractures, pas de plaies béantes. Que des grafignes et des ecchymoses. Et sans aucun doute, une atroce migraine en chemin. Nul besoin de toucher à quoi que ce soit pour le savoir : les tambours étaient là.

Il était maintenant temps d'analyser la situation. Un regard circulaire me permit d'embrasser la scène dans son ensemble. La voiture était amochée. Très amochée. La tôle s'était pliée aussi facilement, semblait-il, qu'une feuille de papier. J'étais coincé; la porte ne s'ouvrait plus. Mais la fenêtre avait volé en éclats, ce qui laissait une gueule à demi édentée par laquelle je pouvais me faufiler.

Et Alice n'était plus là.

À ce moment, mon souvenir se brouille. Un instant, je suis dans la voiture, et l'instant d'après, je suis sur la pelouse, affalé sur le sol. Deux ou trois coupures et une bonne dizaine d'éraflures se sont ajoutées à ma collection. Mais je n'en ai rien à foutre. Je suis occupé ailleurs. Mes yeux viennent de se fixer sur une masse étendue au sol. Pareille à une limace, elle rampait lentement sur le sol en laissant derrière elle une coulée gluante de liquide. Alice.

Alice, qui se glisse lentement, mais sûrement, vers la route. Vers son salut. Vers sa liberté.

39

Je devais la rattraper, et vite, avant qu'elle n'atteigne la rue, avant qu'un chauffeur ne voie la carcasse fumante qui gisait dans le fossé. Avant qu'il ne soit trop tard.

J'étais trop pressé pour avoir le temps de reprendre mes esprits. J'étais secoué par l'accident, et les tambours cognaient encore et toujours à mes oreilles. Dès que je fus sur mes pieds, tous les objets devinrent flous, tout sombrait dans une étrange noirceur. Les bruits environnants diminuaient lentement, comme s'ils s'éloignaient de moi progressivement. Sauf les tambours. Les tambours, eux, prenaient toute la place. Je fis deux pas malhabiles, chancelants (si la police était passée à ce moment, elle aurait probablement cru que j'étais fin saoul), puis je tombai tête la première dans les hautes herbes.

Je me sentais partir. Je m'évanouissais à nouveau. Mais je ne pouvais pas, et je le savais. Je luttais de toutes mes forces pour rester éveillé et conserver le peu de lucidité qui me restait. Je devais me relever. Je devais rattraper la gamine. Je devais mettre fin à toute cette histoire, une bonne fois pour toutes.

Les objets reprirent lentement leurs formes, les contours redevinrent nets. Je respirai un bon coup et me relevai. Lentement, cette fois. Le battement des tambours s'accentua, mais dans la limite du tolérable. Mes jambes flageolaient, mais je restai debout.

Je fixai un regard de rapace sur la gamine, à moins de vingt mètres de moi. Mes membres inférieurs se raidirent, ma mâchoire se serra. J'étais prêt. Je fonçai. Je ne pris même pas une minute avant de rejoindre le corps frêle qui continuait de ramper au sol. Une fois arrivé, je retournai Alice sur le dos et l'empoignai par la taille. En moins de deux, je transportais cette masse étrangement légère sur mon épaule. J'étais prêt pour la suite.

O.K. Mon plan était fichu; sans voiture, je ne pouvais pas aller bien loin. Mais peu importait, car c'était là, à cet endroit précis, que je devais être. C'était là que tout devait se régler, selon ce qu'Il avait décidé. Mais qu'est-ce qu'Il attendait donc de moi, au juste ? Je levai les yeux vers le ciel et me mis à lui hurler :

— Et après ? Qu'est-ce que je suis censé foutre avec cette gamine dans les bras et plus de voiture ? Qu'est-ce que Tu attends de moi ?

Vous ne me croirez pas, je suppose. Mais pourtant, c'est ce qui est arrivé. Au moment précis où je terminais cette phrase, je fus subitement sorti de la noirceur. Une grande lumière blanche m'éclairait. Je dirigeai mon regard vers cette lumière, et que vis-je ?

Une voiture. À moins d'un kilomètre devant moi. Plus aucun doute possible dans mon esprit. Plus une seule hésitation. Je fonçai comme un dément vers la forêt, en espérant parvenir à traverser le champ avant que la voiture ne m'atteigne.

J'essayais de me convaincre que, s'il m'avait vu, le conducteur devait sûrement croire qu'il venait d'apercevoir un cerf. Deux yeux blancs qui clignotaient dans la lumière de ses phares. Un animal resté immobile, comme pris sur le fait d'un mauvais coup... ou d'un crime, avant de décamper en quelques bonds gracieux. Peut-être. Ou alors, nous vivons à une époque à ce point individualiste que le conducteur n'a pas jugé nécessaire de s'arrêter pour vérifier s'il pouvait aider les victimes de l'accident. Peu importe. Le fait est que la voiture ne feignit même pas de ralentir, ce qui me permit de fuir sans problème.

Non. Je comprends, maintenant. Le conducteur n'a rien à voir là-dedans. C'est beaucoup plus simple... Il ne devait pas arrêter, il ne pouvait pas arrêter. Ça ne faisait pas partie du plan, Il ne voulait pas que ça se passe ainsi. Alors, le conducteur a poursuivi sa route, et voilà tout. Parce que je devais fuir, parce que je devais atteindre la forêt.

Ce que je fis. Mon fardeau sur l'épaule, je courais de plus en plus difficilement en raison de mes jambes qui m'abandonnaient par moments. Chaque fois, je tombais au sol. En fait, le mot *effondré* serait plus juste. Mais, toujours, je me relevais. Difficilement, lentement, mais je me relevais, je replaçais la gamine sur mon épaule et je poursuivais ma course.

J'étais en sueur. Si mes souvenirs sont exacts, il y avait aussi des larmes qui venaient se mêler aux gouttelettes salées qui me coulaient jusqu'au menton. Fatigue, stress, peur... tout ça pouvait justifier mes larmes. Mais je crois plutôt que je pleurais parce que je savais ce qui s'en venait. Je savais que, malgré tout ce que j'avais prévu, malgré ce que j'avais espéré, je ne pourrais pas éviter l'inévitable.

Parce que Son plan était établi, et que je ne pouvais rien y faire.

40

J'étais arrivé sous le couvert des arbres. Enfin. Une fois certain que personne ne pouvait me voir à partir de la route, je déposai l'adolescente au sol, et m'immobilisai. Les tambours battaient la cadence, mais je n'en avais rien à faire. Il faisait froid, dehors. J'en avais la chair de poule. Or, ça m'importait peu. Pourquoi m'en serais-je soucié, après tout ?

J'avais franchi l'intersection et j'avais emprunté la mauvaise route. J'avais pris le chemin qu'Il voulait que je prenne. Mais ce n'était pas celui que j'avais choisi. Et à présent, il était trop tard. Ma voiture gisait dans le fossé. Si j'abandonnais la gamine ici, les policiers sauraient. Ils comprendraient, ils feraient le lien. Et je serais foutu. Malheureusement, je n'avais plus la force de continuer. Maintenant que j'avais déposé la fille, je n'avais plus le courage de la reprendre, de me relever et de poursuivre ma route. Non. C'était terminé. J'avais atteint ma destination.

Je me mis à sangloter. J'étais épuisé, à bout de forces. Et désolé de voir le corps blessé, mais toujours vivant, de la gamine qui avait tué ma fille. Mais je voyais aussi le corps de l'enfant de la femme que j'aimais. Je ne savais pas quoi faire. Je ne savais plus ce que je devais faire, je ne savais plus ce que je voulais.

—Fous le camp ! Allez, Daniel, fous le camp pendant que tu le peux encore. Pars, et ne reviens pas. Tu verras bien ce qui arrivera ensuite. S'il te plaît, pars !

Même si je m'entendais prononcer ces paroles, et même si je savais que c'était ce qu'il y avait de plus sensé à faire, je ne saurais expliquer pourquoi, mais je ne bougeais pas. Je restais immobile, le regard rivé sur la gamine.

—Pars. Fous le camp, crétin !

Pourtant, je ne bougeais pas. Quelque chose m'en empêchait. Ou Quelqu'un.

—PARS !

J'avais hurlé. Trop fort. La gamine cligna des yeux. Merde ! Je l'avais réveillée.

Je savais ce qu'il me restait à faire.

41

Je pleurais.

—Je suis désolée, monsieur Couture. Désolée…

Elle savait qui j'étais. Mais peu importait. Il était déjà trop tard, de toute façon.

—Désolée… Je ne me rendais pas compte de ce que je faisais…

Je soupirai.

—Je ne pensais pas qu'elle souffrait autant…

Je me mis à genoux, une jambe de chaque côté de son corps, en immobilisant ses deux bras par la même occasion.

—Si j'avais su…

Elle était prise au piège. Pas moyen qu'elle puisse se sauver.

—S'il vous plaît, ayez pitié.

Impossible d'y échapper. Pas moyen de reculer ou de tout effacer.

—Laissez-moi partir, je ne dirai rien…

Je n'avais pas le choix. Je n'avais jamais eu le choix.

—Pitié…

Ma main s'était resserrée sur une pierre qui gisait au sol, tout près de la gamine. Juste à la bonne place. Comme si tout était prévu et calculé.

—Pensez à votre fille… À Gabrielle…

Oui. Gabrielle. Oh, ma fille. S'il te plaît, pardonne-moi. Je ne voulais pas. Je n'ai jamais voulu. J'y ai pensé. Plusieurs fois, je me suis demandé si je pourrais. Je me suis demandé si je serais capable. Je me suis demandé ce que ça me ferait. Mais je n'ai jamais vraiment voulu.

—Pitié… Maman…

Ta mère. Oui, ta mère. Si on est ici, c'est pour elle. Je t'emmenais ici pour t'épargner. Pour te sauver. Je t'emmenais loin, très loin de chez moi. Je t'abandonnais quelque part, un endroit où on te trouverait. On te trouverait, sans faire le lien avec moi. Tu serais libre. Et moi aussi.

—S'il te plaît, maman… Viens m'aider…

Mais ça ne pouvait pas finir ainsi. Plus maintenant. Et de toute façon, ce n'était pas ce qu'Il voulait. Non. Lui, Il voulait du sang.

—À l'aide ! Au secours !

Ton sang. Il voulait ton sang.

— Au secours… S'il vous plaît…

Elle voulait crier, je crois. Mais les sanglots l'étouffaient. Et mon poids sur ses poumons ne devait pas aider. Peu importe. Il était trop tard.

— Désolé, petite.

Je tenais maintenant la pierre bien haute, juste au-dessus de ma tête. Je voyais un éclair briller dans ses yeux; la peur, la panique, le désespoir. Elle savait.

— Je ne voulais pas, vraiment. Mais je n'ai plus le choix.

La pierre s'abattit. Le sang gicla et éclaboussa mes vêtements, mon visage et tout ce qui se trouvait autour. Mais ça m'était égal.

Je frappais. Je pleurais. Le sang giclait.

— Désolé.

Je frappais. Je pleurais. Le sang giclait.

Je ne voyais plus la gamine. Des images et des souvenirs défilaient devant mes yeux.

Je frappais. Je pleurais. Le sang giclait.

Je voyais ma fille, souriante et heureuse, magnifique et vivante.

Je frappais. Je pleurais. Le sang giclait.

Je voyais Alice qui riait, poussait, insultait.

Je frappais. Je pleurais. Le sang giclait.

Gabrielle longeait les murs, la tête basse. Elle pleurait.

Je frappais. Je pleurais. Le sang giclait.

Elle revenait à la maison. Devant la porte, elle simulait un sourire, puis entrait.

Je frappais. Je pleurais. Le sang giclait.

Gabrielle, dans la baignoire, une lame de rasoir à la main.

Je frappais. Je pleurais. Le sang giclait.

Gabrielle, morte, baignant dans son sang.

Je frappais. Je pleurais. Le sang giclait.

Je frappais. Je pleurais. Le sang giclait.

Je frappais. Je pleurais. Le sang giclait.

Je frappais. Je pleurais. Le sang giclait.

Puis, je m'immobilisai. La pierre m'avait échappé des mains depuis longtemps, mais je n'avais pas cessé de frapper. Ma main tremblait et était couverte de sang. Celui d'Alice, majoritairement. Mais peut-être un peu du mien, aussi.

Mes larmes avaient séché. C'était terminé.

42

Un spasme, puis deux. Je m'essuyai le coin de la bouche, prêt à me relever. Mais une contraction à l'estomac me fit comprendre qu'il était trop tôt. Un spasme, puis encore un. Je me vomissais les tripes, mais cette fois, ce n'était pas à cause de cette saloperie de migraine. Non. C'était la honte. Non, pas tout à fait. Peut-être y avait-il un peu de honte pour ce que je venais de faire, mais il y avait, d'abord et avant tout, un dégoût des plus instinctifs.

Parce que le résultat des dizaines de coups que j'avais infligés à cette chose – à une autre époque, je pouvais encore l'appeler Alice– était horrible. Atroce. Répugnant.

Malgré tout, je me calmai et tentai de reprendre le dessus sur les contractions qui me tordaient l'estomac. Quand j'eus la presque certitude que je ne vomirais pas au moindre mouvement, je me forçai à observer une dernière fois le résultat de mon œuvre. Les conséquences de mes actes. Ceci, pour m'assurer de ne pas oublier. Jamais.

À partir des pieds jusqu'au nombril, tout allait bien. Rien ne clochait. Puis, plus haut, le reste du chandail de ma victime se colorait lentement de sang, et ce, de plus en plus intensément. Jusqu'au cou. Arrivé là, les choses se gâchaient. Atrocement. Au-dessus des épaules, où se situait auparavant la tête de la gamine, se trouvait un mélange de sang, de chair, de terre, d'os, et de cheveux. Plus de forme bien définie, plus de traits sur le visage. Du sang, des os et des cheveux. Un œil à droite, un liquide jaunâtre à gauche. Quelques touffes de cheveux, aussi, éparpillées par-ci par-là. Un os en plein centre, qui auparavant devait être le nez. Finalement, à l'endroit où devait se trouver sa bouche, quelques petites bulles d'air timides enflaient lentement, avant d'éclater. C'était les dernières parcelles de vie qui quittaient le corps d'Alice Desbiens.

Non. Je ne l'oublierais pas, c'est certain. Même si j'avais voulu, je n'aurais pas pu. Cette image, et cette chose, revinrent me hanter de nombreuses nuits durant, au plus profond de mes rêves. Une créature qui rampait derrière moi et qui m'implorait.

—Pitié… Daniel. Ayez pitié…

Même plusieurs semaines après les événements, lorsque je me réveillais la nuit, mon estomac était tout retourné et secoué de spasmes horribles. Je devais lutter pour ne pas vomir. Ce que je ne réussissais pas toujours à faire.

43

Debout devant le cadavre de la gamine que je venais tout juste d'assassiner de sang-froid, je me souviens d'avoir senti ma conscience se replier sur elle-même, comme si elle cherchait à se dissimuler devant le crime que je venais de commettre. Je ne pouvais me l'avouer, je ne pouvais l'accepter.

À un moment, je pris conscience que je n'étais plus devant le cadavre. J'avais avancé. Non, à ce moment précis, j'avançais. Mon esprit était englué dans un épais brouillard, un brouillard de désespoir, d'incompréhension. Ma vue était elle-même brouillée par les larmes qui ne cessaient de naître aux coins de mes yeux.

J'avançais en ligne droite, sans but précis, sans savoir vraiment où j'allais. Consciemment, en tout cas. Parce que, maintenant je me souviens; j'allais quelque part, pour une raison bien précise. Mais alors, je ne le savais pas. Je n'en avais pas la moindre idée. Mais cela ne faisait-il pas partie d'un plan bien établi mis en œuvre par des mains de maître ?

J'étais plongé dans un état d'hébétude à la limite de la conscience. J'avançais à pas lents, les pieds traînants, les jambes molles. Je faisais quelques pas, je m'accrochais les pieds dans une racine, sur une pierre ou dans un trou, et je m'effondrais. Mais, toujours, sans une seule hésitation, trop inconscient pour me soucier de ma fatigue, de ma douleur et de mon épuisement, je me relevais péniblement et je me remettais en marche.

Je regardais devant moi, mais je ne voyais pas. Non, mon esprit était ailleurs. Occupé à ressasser encore et encore des images horribles qui me fendaient le cœur et qui faisaient couler inlassablement des larmes de mes yeux.

La pierre, qui frappe sans relâche, et qui s'abat sans la moindre hésitation sur le visage blessé et ensanglanté d'une adolescente.

Ma fille, les veines taillées, qui baigne dans son sang.

Le visage méconnaissable d'Alice.

Le teint cireux, blanc, de ma fille, son regard vide qui me dévisage.

Le seul œil encore en état d'Alice, qui fixe un regard accusateur sur moi.

Deux adolescentes. Deux adolescentes mortes. Et par ma faute, les deux fois.

J'étais un monstre. Un assassin. Un mauvais père. Une mauvaise personne.

Mon pied se prit à nouveau dans une racine. Je me sentis tomber, comme dans un rêve. Au dernier instant, alors que je sentais l'impact imminent, tous mes muscles se tendirent, mais il était trop tard. Je frappai le sol, et ma tête heurta quelque chose de solide. Une pierre.

Le noir total, l'instant d'une seconde. Panne de courant.

Puis, peu à peu, la lumière revint. Une à une, les connexions se faisaient dans mon esprit. En revanche, il y avait encore ce brouillard. Non plus dans mon esprit, mais partout autour de moi. Un brouillard épais, lourd et opaque. J'étais debout, dans une clairière. Le brouillard se mouvait tout autour, et m'enveloppait de son contact froid. J'étais seul. Il faisait froid. Je ne savais pas où j'étais ni comment je m'étais retrouvé là. Encore moins depuis quand j'étais là.

Soudain, droit devant moi, une silhouette. Féminine, selon toute vraisemblance. Elle s'avançait vers moi, les bras ballants, la tête légèrement inclinée. Une silhouette aussi inquiétante que menaçante marchait lentement vers moi. À cause du brouillard, elle donnait l'impression de flotter à quelques centimètres du sol et d'avancer sans faire le moindre mouvement.

Plus elle s'approchait, plus je pouvais distinguer ses traits. Et, justement, je finis par apercevoir ses yeux. Deux grands yeux dont la blancheur détonait avec la noirceur environnante. Deux yeux étrangement vides, ternes, sans vie.

Une sueur froide me couvrit le corps alors que je reconnaissais cette silhouette, que je me remémorais ces yeux. Sans attendre une seconde de plus, je foutus le camp en courant le plus vite possible pour m'éloigner de ce fantôme. Je courais avec la démarche chaloupée d'un homme saoul qui comprend qu'il n'atteindra peut-être pas la toilette avant de dégueuler tout l'alcool qu'il vient d'ingurgiter.

Le pas lourd, les pieds maladroits et incertains, je décampais en tentant de ne pas me prendre les pieds dans les racines.

—Papa ! Arrête-toi !

Cette voix tout droit sortie d'outre-tombe, une voix grave emplie d'une force et d'une autorité inhumaine, que je n'aurais associée qu'au diable lui-même avant ce jour, m'immobilisa net. J'étais paralysé, pétrifié.

—Tu m'as abandonnée. Tu m'as laissé tomber. Tu n'as pas été là quand tu aurais dû.

Je ne pouvais toujours pas bouger, mais il semblait que les larmes, elles, n'étaient pas affectées le moins du monde par cette voix horrible, effrayante et diabolique. Même qu'elles coulaient à flots sur mes joues.

—Je... Gabrielle... Je... Tu...

Qu'aurais-je pu lui dire? C'était vrai. Je l'avais abandonnée, je n'avais pas été là pour elle. Et elle en était morte. Parce que je n'avais pas été à l'écoute, parce que je n'avais pas su deviner, parce que je n'avais pas su lire entre les lignes. Parce que...

Et alors, je me souvins. Des dizaines de souvenirs que j'avais écartés et chassés dans les recoins les plus sombres de ma mémoire refirent surface en même temps. Des souvenirs où je me voyais parler à ma fille pour m'informer de sa vie, de ses études. Des moments où je m'inquiétais pour elle, où je tentais de comprendre pourquoi elle n'invitait plus d'amis, pourquoi elle s'éloignait de nous et pourquoi elle s'enfermait de plus en plus souvent seule dans sa chambre. Des moments où je lui disais que j'étais là pour elle, si elle le souhaitait et si elle désirait obtenir mon aide.

—Je ne t'ai pas abandonnée. Pas complètement.

Mes idées se clarifiaient, mes pensées s'éclaircissaient. Le brouillard, peu à peu, perdait de son épaisseur. D'une masse épaisse et opaque, il s'était transformé en de discrets filins blancs, semblables à des cheveux.

—J'étais là, je voulais que tu me parles, je t'implorais de m'expliquer. Tu aurais pu le faire. Tu aurais dû...

Je retrouvais la maîtrise de mon corps; la paralysie s'était évanouie. Je me retournai pour faire face au fantôme et à mes démons. Parce que le fantôme n'était plus seul. Il y avait, à ses côtés, une autre silhouette. Celle-là était défigurée au point d'afficher une étrange bouillie à la place du visage.

Les deux s'approchaient de moi, toujours aussi lentement, toujours mues par cet étrange flottement.

—Je ne suis pas parfait. Oh non, pas du tout. J'ai commis des erreurs...

Je regardai la seconde silhouette, celle d'Alice. Non seulement je tremblais, mais en plus, mon corps était secoué d'étranges frissons.

—De graves erreurs. Mais...

Leurs visages étaient déformés par la haine et la rage. Elles se mirent à hurler en cœur, en fonçant sur moi de plus en plus vite.

—Tu nous as tuées ! Nous sommes mortes par ta faute !

Je me mis instinctivement à reculer, de plus en plus rapidement, sans pouvoir détacher mes yeux des leurs. Je ne pouvais quitter du regard ces trois globes oculaires fixés sur moi, pleins d'une haine que j'avais bien méritée.

—Non… Non… Je…

Je dus fournir un effort surhumain pour rompre l'envoûtement que ces yeux avaient sur moi, mais je parvins finalement à leur tourner le dos et à fuir à toutes jambes. Disparue, la démarche chaloupée; disparus, les jambes molles et les pieds incertains. Je courais maintenant comme un forcené qui luttait pour sa vie.

Jusqu'à ce que mon pied rencontre une branche, puis ma tête une pierre.

44

J'étais recroquevillé au sol, terrorisé, en pleurs, en murmurant... non, en criant... non, en hurlant comme un désespéré.

—Non ! Non ! Laissez-moi ! Je ne voulais pas !

Deux mains s'agrippèrent à moi. Je me débattis en hurlant de plus belle.

—Laissez-moi !

Mais les mains, assurées et fermes, continuaient de s'agripper pour tenter de me remettre sur pieds.

—Daniel...

—Non ! Laissez-moi !

—Daniel !

—Je m'excuse... Désolé... Je ne...

—Mais voyons, Daniel, que se passe-t-il ?

C'est à ce moment seulement que je me rendis compte que la voix était à des lieues de celle, fort horrible, qui m'avait interpellé auparavant. Cette autre voix résonnait comme une douce mélodie, un murmure maternel aux oreilles d'un bambin. Elle m'apaisa en quelques instants. Mon pouls se calma, et les tambours cessèrent enfin leur tintamarre.

J'ouvris les yeux, même si je savais déjà ce que je verrais. Hélène. Un nom magnifique, pour une femme merveilleuse. Un nom aussi mélodieux que sa voix. J'étais sauvé, car elle était là.

Telles étaient les pensées qui me traversaient l'esprit à ce moment, et c'est toujours ce que je pense. Elle était ma sauveuse, elle me délivrait de mes pensées, de tous ces démons qui me hantaient; disparu le fantôme de ma fille, disparu le visage horrible d'Alice, disparus ces trois yeux ternes et vides fixés sur moi.

Il n'était plus question de hurler et de me débattre. Non, je me laissais faire, je laissais Hélène me prendre dans ses bras, me relever et m'emmener. Seuls les sanglots demeuraient, mais ce n'étaient plus des larmes de peur ou d'effroi. Maintenant, je pleurais de soulagement. Hélène était là. J'étais sauf.

—Daniel ! You... hou... Daniel ?

Ces mots me tirèrent de ma rêverie. J'étais si occupé à me réconforter, que je m'étais égaré de la réalité. Je m'étais laissé guider par Hélène sans trop porter attention à ce qui se passait dans le monde extérieur.

J'étais maintenant dans une salle à manger. Probablement dans sa maison à elle. Une assez belle maison. Chic. Bien tenue. Propre. Trop propre. Il y régnait un silence de mort. Pas un seul bruit ne venait troubler la quiétude des lieux.

C'était sa maison à elle. Mais c'était aussi celle d'Alice. C'était probablement sur la même chaise que j'occupais alors qu'elle s'assoyait pour déjeuner, avant d'aller à l'école. Et là, elle devait jeter son sac d'école, en arrivant le soir. Et c'était sur ce divan qu'elle s'installait pour écouter la télévision. Et là, elle…

—Daniel !

Mon pouls s'était accéléré et je m'étais mis à suer comme un gamin qui avait fait un mauvais coup et qui attendait son tour pour entrer dans le bureau du directeur. Mais j'étais aussi parcouru de tremblements. La peur, je suppose.

—Euh… oui. Hélène…

Je remarquai que ses traits étaient tendus et que ses doigts se refermaient systématiquement sur sa robe de chambre. Elle était nerveuse. Non, inquiète. Pour moi. Je devais la rassurer.

—Je…

Les mots restaient coincés dans ma gorge. Je me rendais compte que j'étais épuisé, que j'avais soif, et que j'avais faim. Mais ce n'était rien, tout ça. J'allais dire à Hélène que tout allait bien, qu'elle n'avait pas à s'inquiéter et que ce n'était rien de grave. Puis, alors même que les mots se formaient dans ma bouche, j'ai vu une ombre glisser dans le couloir, derrière Hélène. Une ombre qui s'approchait lentement. Et même si l'être qui produisait cette ombre n'était pas encore visible, je savais déjà de qui il s'agissait.

C'était elle. Alice. Avec son visage. Sa bouillie de visage. Elle était là pour me rappeler à quel point ce serait mentir que de dire à sa mère que tout allait bien, qu'il ne s'était rien passé de grave.

—Accident.

Quel crétin je faisais ! C'était le seul mot qui avait réussi à sortir de ma bouche.

—Quoi ? Tu as eu un accident ? Où ? Quand ? Tu n'es pas blessé ? Qu'est-ce que je dis là ? Bien sûr que tu es blessé, tu es couvert de sang. Tu as une coupure au front. Oh, mon Dieu…

Pas encore lui ! Il était partout, cet enfoiré ! Dieu par-ci, Dieu par-là ! Si elle savait ce qu'il avait fait ce soir-là, son Dieu !

—Ma…

Merde, Daniel ! Ressaisis-toi, espèce de crétin ! Tu as l'air d'un demeuré. Allez... Réveille-toi et reprends la maîtrise de toi-même. Mens... invente... comme tu le fais depuis maintenant plusieurs semaines.

—Prends ton temps, Daniel. Je t'écoute.

—Je conduisais. Ma voiture a dérapé. Le fossé.

—Où ?

Saloperie de bonne question, ma chère. Aucune idée. Pas loin du cadavre de ta fille, je suppose.

Merde, qu'est-ce qui me prend ? Ce n'est pas moi, je ne suis pas comme ça. Non ?

—Je ne sais pas. J'ai traversé la forêt, je crois. Je ne sais plus. Ma mémoire...

—Oui, je comprends. Ce n'est pas grave. Ne t'inquiète pas. Je vais t'emmener à l'hôpital; ils vont s'occuper de toi. Et pour l'accident, je vais appeler la police; ils vont veiller à tout.

—NON !

Merde ! Invente quelque chose, trouve une excuse ! Mens, et vite ! Tu ne vois pas qu'elle te trouve bizarre ?

—Non, s'il te plaît, attends. J'ai...

Merde de merde de merde ! Trouve quelque chose ! N'importe quoi, mais trouve quelque chose. VITE !

—Je... j'ai bu. Oui, c'est ça. Je l'avoue. J'ai un peu trop bu et j'ai eu un accident. J'ai paniqué, je ne savais pas quoi faire, je ne savais pas où aller. Puis j'ai pensé à toi. Et je me suis dit que tu comprendrais. Toi, plus que n'importe qui...

Arrête. N'en mets pas trop, ça va sonner faux. Elle a l'air d'y croire. Pas complètement, mais au moins en partie. Tu es sauf, pour le moment. Mais tu dois continuer à mentir, et arrange-toi pour être crédible.

—Aujourd'hui, c'est l'anniversaire de sa mort. Ça fait un an, jour pour jour...

C'était la vérité. La tête trop occupée par mes propres tracas, je n'y avais pas songé de la journée. J'avais oublié que c'était aujourd'hui. J'avais oublié ma fille. J'avais tué sa fille un an, jour pour jour, après que la mienne se soit tuée. À cause d'elle. Oui, c'était logique. C'était même très logique. Tellement logique, que ce n'était pas un hasard. Impossible.

—Alors pas la police, s'il te plait...

Hélène gardait le silence. Elle hésitait. Elle réfléchissait en parcourant sa cuisine de long en large. Elle approchait du téléphone, ralentissait en le fixant, puis se tournait, résolue. Elle me regardait alors avec des yeux attendrissants. Elle s'approchait, hésitait encore, se retournait, fixait le téléphone.

Ce petit manège avait duré quelques minutes. Quelques minutes atroces. Je suais à grosses gouttes, tandis que mon esprit se perdait en conjectures; si elle appelait la police, qu'allait-il se passer?

Des policiers envahiraient les lieux de l'accident, et d'autres s'amèneraient chez Hélène. Ils observeraient et tenteraient de comprendre. Avec de la chance, ils croiraient mon histoire et n'iraient pas plus loin, ce qui était peu probable. Ils essaieraient de comprendre pourquoi j'avais eu un accident et vérifieraient si j'étais réellement ivre. Peut-être pousseraient-ils jusqu'à enquêter pour savoir comment je m'y étais pris pour quitter la scène de l'accident et atteindre la maison d'Hélène. Peut-être trouveraient-ils aussi des traces d'Alice dans ma voiture...

En tel cas, j'étais foutu.

Alors, quoi? Si jamais Hélène s'emparait du téléphone, devais-je l'arrêter, fuir ou ne rien faire?

Merde! À quel moment avais-je perdu la maîtrise? Depuis quand étais-je prisonnier de ce plan horrible, orchestré pour... pour... pour quoi, au final? Pour venger ma fille? Pour tuer cette gamine? Pour que je me retrouve en prison? Pourquoi, merde?

C'en était trop. J'en avais assez. Je ne savais plus quoi faire. Je me sentais impuissant. À quoi bon essayer de régler la situation, de sauver les apparences, alors que je ne maîtrisais plus rien? Alors que je ne faisais que subir les événements depuis quelques heures, pour ne pas dire quelques jours. Ou quelques semaines. Ou quelques mois, finalement. Quand avais-je, pour la dernière fois, pris une décision logique pour moi-même?

Sans même m'en apercevoir, je m'étais recroquevillé sur moi-même en entourant mes jambes de mes deux bras et je me balançais d'avant en arrière. Les larmes s'étaient mises à couler et je pleurnichais comme un vrai gamin.

Ce qui, mis à part pour mon orgueil, a finalement été une bonne chose. Parce qu'Hélène, voyant cela, s'était approchée de moi pour me prendre dans ses bras. Par le fait même, elle donnait l'impression d'avoir oublié momentanément le téléphone et la police.

—Voyons, Daniel. Qu'est-ce qui se passe ? Je ne t'ai jamais vu dans un état pareil…

À ce moment, une barrière s'est brisée en moi. Il n'était plus question de mentir, plus question de faire semblant. Je lui devais bien ça, après tout.

—Je l'ai tuée.

Il s'en est suivi un bref silence. Je m'y attendais pas mal.

—Non, Daniel. Tu n'as tué personne. Si elle est morte, c'est parce qu'elle a pris la mauvaise décision. Elle a choisi de mourir.

—Non. J'ai son sang sur les mains. Son sang à elle, partout. Sur mes mains, sur mes vêtements.

En disant cela, j'avais mis mes deux mains sous ses yeux, puis avais désigné chaque petite tache de sang, une à une. Pour qu'elle voie. Pour qu'elle comprenne.

—Tu n'as tué personne, Daniel. Tu as eu un accident. Tu es saoul. Tu es fatigué. Tu divagues, c'est tout.

Hélène a ensuite marqué un temps d'arrêt en m'observant avec des yeux inquiets. Puis elle s'est levée, a pris un linge à vaisselle, l'a mouillé et est revenue vers moi.

—Gabrielle est morte. C'est vrai. Mais tu n'y es pour rien. Elle a fait ça toute seule. Tu n'aurais rien pu faire pour l'arrêter.

En disant cela, elle essuyait le sang sur mes mains et sur mon visage. Elle en était à me frotter doucement la joue, avec un regard maternel, lorsque j'ai pris sa main dans la mienne pour l'immobiliser.

—Non. On s'est mal compris. Je…

Les idées se bousculaient dans mon esprit. Elle me parlait de Gabrielle. Elle croyait que je lui parlais de ma fille.

Je crois qu'à ce moment, elle a lu dans mes yeux. Je ne sais pas ce qu'elle y a vu. Peut-être du regret. De la peur. Ou pire. Peut-être a-t-elle détecté la haine qui m'habitait depuis des mois. Ou alors la rage qui m'avait habité alors que je frappais sa fille sans pitié, encore et encore. Peut-être, enfin, a-t-elle vu le visage défiguré de son Alice pendant qu'elle m'implorait.

Peut-être.

Toujours est-il qu'elle s'est levée lentement avant de se mettre à reculer. Vers le téléphone ou les couteaux de cuisine, je ne sais pas.

—Je suis vraiment désolé. Je ne voulais pas…

—VA-T'EN !

—Je ne voulais pas, je te le jure…

—FOUS LE CAMP !

Elle a tendu la main vers l'arrière, agrippé la première chose qui lui est tombée sous la main – la poivrière – et me l'a jetée dessus.

J'ai fait quelques pas vers elle et elle a crié :

—SORS DE CHEZ MOI, SALAUD ! TU L'AS TUÉE ! MONSTRE ! ASSASSIN !

Cette fois, sa main s'est refermée sur le support à couteaux. J'avais compris le message.

45

Il était inutile d'insister. Elle avait compris, et elle m'en voulait. Elle m'en voulait à mort, et j'étais bien placé pour comprendre ses émotions. Je les avais ressenties envers sa fille. Et voilà où ça m'avait mené.

Je me retrouvais donc dans la rue, à déambuler d'un trottoir à l'autre, perdu dans mes pensées. Je réfléchissais aux événements des dernières heures, me repassais les scènes importantes, et tentais de comprendre. Quand avais-je pris conscience de ce que j'allais faire? Quand avais-je pris cette décision? Avais-je réellement pris cette décision au moment où j'avais déposé la gamine dans la forêt, ou bien était-ce déjà prévu depuis longtemps, même si je ne voulais pas me l'avouer?

Avais-je vraiment pu croire que je la laisserais partir? Que je pourrais la laisser vivre sans courir le moindre risque? Ou bien avais-je simplement voulu croire, désespérément voulu me convaincre que je pourrais la laisser s'en sortir? Une partie de moi aurait aimé, encore à ce moment, se convaincre que j'avais vraiment voulu préserver sa vie. Mais la partie sensée, logique, terre à terre, ne pouvait se laisser berner par une réflexion aussi facile. Je le savais, j'avais toujours su que je devrais la tuer. Mais je ne voulais pas me l'admettre. Pourquoi?

C'était une question importante, mais pas la pire. Non, la pire m'était venue bien assez rapidement; éprouvais-je des remords? Oh, évidemment, je n'étais pas heureux d'avoir dû commettre ce crime. Au moment où j'y songeais, j'avais déjà probablement la police aux trousses. De même, j'avais perdu Hélène à tout jamais. C'était évident. Mais ce n'étaient pas des remords, ça. C'étaient des regrets égoïstes. Ce n'était pas de la honte par rapport à mes actes. Parce que cette honte, celle qui m'aurait confirmé que je n'étais pas un monstre, je ne la ressentais pas.

Toutes ces questions qui ne trouvaient pas de réponses, ou auxquelles je ne voulais pas trouver de réponses, me menaient bien loin de chez Hélène. J'ai en effet repris conscience de ce qui m'entourait lorsque mes pieds se sont heurtés aux marches menant à l'église. Encore cette église. Cette maudite église. Celle-là même qui avait célébré la mort de ma fille et qui l'avait enterrée. Cette église, symbole de la toute-puissance d'un être supérieur, qui nous observe et qui nous guide.

Dieu. Notre père. Quelle belle connerie, non ? N'était-ce pas justement Lui, le *Sauveur*, qui m'avait mené à la perte de cette gamine ? N'était-ce pas Lui qui avait tout fait, tout planifié, justement pour qu'Alice meurt ? N'était-ce pas à cause de Lui, par le fait même, que je suis devenu un meurtrier ? Était-ce donc ça, le salut tant vanté, la rédemption tant attendue ?

Un être tout-puissant, un guide, bon, miséricordieux, qui pousse un homme au meurtre ? Jamais entendu parler de ça, dans la Bible. Jamais vu ça, à la messe. Parce qu'alors, ils ne mentionnent pas la face cachée de ce dieu. Ils ne mentionnent pas que s'Il fait des miracles, Il ferme aussi les yeux sur des atrocités. S'Il est responsable de tout le bien sur la Terre, il est aussi responsable de tout le mal, non ? Mais quel est le poids de millions d'inconnus en échange du salut de quelques-uns ? Pire, ce n'est pas le problème de Dieu, si ces victimes ne sont pas croyantes. Quel Dieu miséricordieux nous avons là.

Une vraie farce. Un ramassis de merde que seule une bande d'idiots aveugles peuvent gober.

46

Je ne sais pas combien de temps je suis resté là, debout face à cette église, avec toutes ces pensées en tête. J'y serais probablement resté durant des heures et des heures, peut-être toute la journée, si personne ne m'en avait empêché.

Mais à un moment, je me souviens d'avoir entendu des sirènes hurler. Rapidement, elles s'approchaient. Je ne bougeais pas, ne détournais même pas le regard, que je gardais fixé sur la statue d'un ange. Les bruits s'étaient immobilisés. J'entendais des portières claquer. Au bruit des portes et des sirènes, j'ai cru pouvoir déduire qu'il y avait beaucoup de policiers. Entre trois et cinq voitures. Près de dix policiers qui s'étaient déplacés pour m'arrêter moi.

Je ne bronchais pas. C'était inutile, je devais me faire arrêter. C'était le plan. Je pouvais le lire dans le regard de cet ange, qui me dévisageait autant que je le dévisageais. Alors, je me suis laissé faire.

On m'a installé dans la voiture, puis conduit au poste de police.

47

La suite n'a rien de surprenant. Elle est d'autant moins pertinente et intéressante que vous la connaissez déjà; tout a été raconté dans les médias : mon arrestation, ma déclaration de culpabilité, mon incarcération... Tout, dans les moindres détails.

Ils ont parlé des heures et des heures de l'interrogatoire que j'ai subi, de la fouille de ma maison et de la découverte du cadavre. Ils ont rapporté les conditions horribles dans lesquelles vivait l'adolescente. Ils ont aussi fait état de mon regard vide et sans émotion lors du procès.

Alors, si vous le permettez, je serai assez bref. Expéditif, même.

L'interrogatoire, d'abord. Il fut long, c'est vrai. Pour deux raisons très simples : la première, c'est que les séances de questions étaient souvent interrompues à cause des nouvelles informations trouvées. La fouille de ma maison, les analyses de ma voiture, la découverte du cadavre. Les enquêteurs partaient, s'informaient et revenaient gonflés à bloc, prêts pour le prochain *round* contre le monstre. Prêts à tout pour m'incarcérer le plus longtemps possible.

Je dois l'admettre, ils étaient bons. Très bons. Solides, bien informés. Ils disaient les bonnes phrases au bon moment et déballaient juste assez d'informations.

Bon, je sais, j'ai dit que je serais expéditif. Mais je vais vous décrire une petite partie de l'interrogatoire le plus fidèlement possible. Pas pour prouver qu'ils étaient bons, ou qu'ils m'ont malmené. Non. Laissez-moi raconter, et vous comprendrez.

J'étais en salle d'interrogatoire. L'air était aussi froid que la décoration : murs blancs, néons blancs au plafond, une table froide, trois chaises tout aussi glacées. Un miroir au fond. Combien de personnes étaient installées derrière, à scruter mes moindres mouvements?

Depuis combien de temps étais-je là? Difficile à dire. Plusieurs heures. Mais moins d'une journée, je crois.

J'ai fait de mon mieux pour coopérer. Mais ma mémoire faisait des siennes. J'étais confus, fatigué. Alors, parfois, je n'étais pas très clair et précis. Mais j'essayais. À quoi bon faire autrement, après tout? Ils avaient toutes les cartes en main.

—Donc, Daniel, si j'ai bien saisi, vous avez kidnappé la jeune Alice Desbiens le 14 mai, aux alentours de 16 h 15. Ça, nous le savions. Mais ce que nous tentons de comprendre, c'est pourquoi?

C'était le plus petit des deux qui parlait. Par expérience, je peux vous dire qu'il existe deux types de policier : les policiers intelligents, ceux qui sont là pour analyser, comprendre, réfléchir, et les costauds. Ceux-là sont assez faciles à reconnaître; la démarche, l'attitude, ça ne ment pas. J'avais devant moi un spécimen de chacune de ces catégories. Et celui qui parlait faisait partie des intelligents.

—Ne recommencez pas avec l'histoire de votre fille. Nous savons tout ça. Vous nous l'avez raconté. Mais ce que je ne comprends pas, c'est pourquoi vous avez attendu quoi… dix ou onze mois? Dix ou onze mois de frustration, de haine, de rage, à regarder cette gamine passer devant chez vous tous les soirs, et vous n'aviez jamais eu cette idée avant?

—Non. Je l'ai déjà dit. Un jour, l'idée n'y était pas, puis le jour suivant elle était là. Nouvelle, fraîche. Fascinante. Alléchante. Inévitable.

—Donc, vous persistez à dire que vous n'y aviez jamais pensé auparavant?

—Oui.

—Donc, si votre voisine nous a raconté que quelques mois après la mort de votre fille, elle vous a vu sortir de chez vous en trombe pour injurier la gamine et la menacer, c'est qu'elle a menti?

Plus le policier parlait, moins la frustration m'habitait. Je croyais qu'il voulait me faire chier et tenter de me piéger avec des histoires tout droit sorties d'un vieux roman policier de mauvaise qualité. Mais la mémoire me revenait. Cette histoire était bien vraie.

Oui, ça faisait trois mois que ma fille était morte. J'étais encore dans ma phase désespérée, et je terminais ma petite *enquête*. Et c'est là que la gamine est passée devant chez moi. Libre, heureuse. Insouciante. Et vivante. Contrairement à Gabrielle.

Je suis bel et bien sorti de chez moi comme un dément pour lui hurler dessus. J'ai dit des choses que j'ai oubliées. Des choses méchantes. Peut-être, oui, peut-être ai-je dit qu'elle ne méritait pas de vivre alors que ma fille, elle, était morte. Peut-être, oui, ai-je dit qu'elle aurait dû mourir à la place de ma fille.

Oui. Maintenant j'en étais certain. C'était même cette scène qui avait poussé ma femme à me quitter. Elle avait dit que je devenais fou et que je devrais consulter. Pour mon bien.

Peut-être aurais-je dû l'écouter, finalement.

—Daniel, revenez avec nous. Cette voisine, elle a tout inventé ?

—Non. Elle a raison. J'ai fait ça. J'ai dit à la gamine qu'elle aurait dû mourir à la place de ma fille. J'avais oublié.

—Donc, cette idée n'était pas si nouvelle que ça, finalement. C'était planifié depuis longtemps... Pas vrai ? Vous aviez tout prévu, tout planifié. Vous vouliez garder la jeune femme prisonnière pour la faire souffrir à petit feu, et ensuite, la tuer. Parce que si votre fille était morte, Alice Desbiens méritait bien la même chose, non ? C'était sa faute, après tout, non ?

L'interrogatoire s'est poursuivi encore longtemps. Mais je n'étais plus attentif. Une phrase que le policier avait dite me tournait dans la tête : *Vous aviez tout prévu, tout planifié.* C'est là qu'il se trompait. Je n'avais pas tout prévu. Je n'avais rien planifié. Ce n'était pas moi qui l'avais fait. C'est plutôt Quelqu'un qui avait tout planifié, et ce, depuis longtemps. Très longtemps, même. Déjà, à cette époque, mon destin était scellé, tout comme celui d'Alice Desbiens.

48

Et maintenant, me voilà en prison. Pour le restant de mes jours, fort probablement. La vérité, c'est que ça ne me dérange pas vraiment. Je n'avais plus rien, dans ce monde. Ici, au moins, je n'ai pas besoin de faire semblant d'être heureux. Je peux être seul avec moi-même, pour réfléchir. D'ailleurs, je réfléchis beaucoup, et je lis beaucoup. Sur Dieu et toutes ses variantes. Sur le destin, le hasard. Pour tenter de comprendre. Aussi, pour tenter de savoir : ai-je tué cette gamine parce que je le voulais, ou parce que Quelqu'un m'y a obligé ?

Mis à part ça, je vous ai tout dit, je crois. Ah, non. Pas tout à fait. Je pense qu'il serait important de parler de mes rêves. Encore une fois. Parce qu'ils ont eu une grande importance dans mon histoire.

Depuis cette nuit, je veux dire celle où j'ai tué Alice, je rêve souvent aux deux mêmes silhouettes; deux formes qui s'approchent lentement vers moi. Trois yeux blancs, vides, qui me fixent. Avec le temps, j'ai appris à les apprivoiser. Mais elles, elles ne m'ont pas apprivoisé. Toutes les nuits, elles reviennent. Elles me fixent, me parlent, m'insultent, me menacent. Elles me détestent.

Mais il y a de cela quelques jours, une troisième silhouette s'est ajoutée. Une nouvelle paire d'yeux tout aussi vides et haineux que les autres, toujours fixés sur moi. Je suis presque certain de savoir à qui ils appartiennent, sauf que je ne puis m'y résoudre, puisque cela signifierait qu'elle est… morte. Oui. Ça voudrait dire qu'elle est morte, et par ma faute. Sinon, pourquoi serait-elle là, à me regarder, à me hanter chaque nuit, si ce n'est pour se venger ?

Bon, ça y est. Vous savez tout. Absolument tout, selon mon point de vue. Alors, vous avez le choix : détestez-moi, haïssez-moi pour ce que j'ai fait, ou bien prenez-moi en pitié et voyez en moi une victime de la vie. Peu importe. Vous ne serez ni le premier ni le dernier.

Et d'ailleurs, est-ce ma faute, ou suis-je seulement victime de Son plan ?

Épilogue

Les larmes aux yeux

Ça m'a pris beaucoup de temps avant que je ne me décide à écrire ces lignes. Mais depuis que les confessions de Daniel Couture circulent un peu partout, depuis que les gens se forment une opinion sur lui, depuis que moi j'ai compris ce qu'il était, je ressens le besoin… non… le devoir, de vous dire ce qu'il est vraiment.

Faites-moi confiance, je sais qui il est, je sais comment il est, je sais ce qu'il est. Et, je vous le dis tout de suite, il n'est pas un monstre. Non. Malheureusement. J'aimerais vous dire que c'en est un; ce serait plus facile à accepter et à concevoir, et plus facile, pour moi, de continuer à vivre. Pour ceux qui ne l'auraient pas encore compris, je suis Hélène Desbiens.

L'homme dont les médias parlent, celui que l'on voit à la télévision et qui a tué ma fille, n'est pas un monstre. Je l'ai connu. Pas longtemps, il est vrai, mais je l'ai connu, et ce, d'une manière à la fois inhabituelle, intense, et profonde. Je l'aimais.

Vous aviez bien lu, je l'aimais. Je l'aimais, parce qu'alors, je ne connaissais que les meilleures facettes de lui; il était sensible, fragile, gentil, à l'écoute, et attentionné. Il était tout cela, et en même temps, il y avait quelque chose d'autre. Un mal, en lui, qui le rongeait. Une douleur, ou un parasite qui s'attachait à lui et qui le dévorait de l'intérieur.

Pour les raisons que je viens de citer, Daniel Couture n'est pas un monstre. Il est pire que ça. Il n'existe pas de mot pour qualifier ce qu'il est, aucun mot pour le définir. Alors, je ferai une comparaison.

Daniel Couture est comme un chien. Il est comme un chien que vous avez depuis plusieurs années. Doux, attentionné, fidèle. Le compagnon parfait. Un beau matin, ce chien attrape la rage. Alors, lentement, le virus le gagne, puis l'envahit, jusqu'à ce qu'il devienne méchant et agressif. Tellement, qu'il mord votre enfant violemment. Le spectacle est aussi horrible que dégoûtant et sanglant.

Daniel Couture, donc, est comme ce chien. Lorsque sa fille est décédée, un virus s'est emparé de lui. Il a attrapé la rage. Discrètement, subtilement, le mal s'est développé, jusqu'à écraser, par moments, le bien qu'il y avait en lui. Et il a mordu ma fille.

Comme pour le chien, ce n'est pas vraiment sa faute. Pas complètement. Mais comme pour le chien, le mal est fait et ne peut être effacé. Toujours, le nom de Daniel Couture sera associé aux actions qu'il a commises et toujours, je vivrai dans la peur qu'il morde à nouveau.

Pour cette raison, même si j'aimerais le haïr, j'en suis incapable. Parce que lorsque je repense à ce qu'il a fait, je ne peux me résoudre à accepter que l'homme qui a assassiné sauvagement ma fille puisse être le même homme avec qui je me suis assise pour parler des heures durant. Ce n'est pas le même homme. Celui avec qui j'ai discuté n'aurait pas tué mon enfant.

Comme je le voudrais si mon chien s'attaquait à ma fille, j'espère que Daniel Couture sera mis en cage et qu'un jour, quelqu'un aura la bienveillance de mettre fin à ses souffrances. Car voyez-vous, il souffre. Et sa souffrance fait souffrir les autres autour de lui.

Mais ce ne sera pas moi qui le ferai. Je me suis assez battue et j'ai assez souffert. La vie n'a plus rien à m'offrir; elle m'a tout pris. Ma fille est morte, et je sais où, quand et comment elle est morte. Je sais ce qu'elle a vécu, l'enfer de ses derniers jours, car j'ai lu ce qu'elle a écrit du fond de sa prison. Je l'ai lu, et j'ai souffert. Atrocement souffert. Car j'étais là, tout près, et je n'ai rien vu ni rien entendu.

À présent, je ne peux plus rien voir de plus, je ne peux plus rien entendre de plus, je ne peux plus rien vivre. Je ne veux plus rien vivre.

Achevé d'imprimer en octobre 2022
sur les presses numériques de

umen I digital,

à Montréal, Québec